gar nichts von allem

von Christian Duda*

* Wer's genauer wissen will, sieht auf Seite 158 nach.

Für meine Oma Cäcilia

Stan: *Ollie! Ich hab Angst.*

Ollie: *Aber wieso denn? Ich bin doch bei dir!*

(Stan Laurel, Oliver Hardy in *Pardon Us*)

GAR NICHTS VON ALLEM

von Christian Duda

mit Illustrationen von Julia Friese

GULLIVER
von BELTZ & Gelberg

Ebenfalls lieferbar:
„Gar nichts von allem" im Unterricht
in der Reihe *Lesen – Verstehen – Lernen*
ISBN 978-3-407-63167-1
Beltz Medien-Service; Postfach 10 05 65, 69445 Weinheim
Kostenloser Download: www.beltz.de/lehrer

FSC
www.fsc.org
MIX
Papier aus verantwortungsvollen Quellen
FSC® C089473

Dieses Buch ist erhältlich als:
ISBN 978-3-407-78995-2 Print
ISBN 978-3-407-74747-1 (EPUP)

in der Verlagsgruppe Beltz · Weinheim Basel
Werderstraße 10, 69469 Weinheim

Text: Christian Duda
Illustration: Julia Friese
Lektorat: Stefanie Schweizer
Neue Rechtschreibung
Einbandgestaltung: Julia Friese
Einbandtypografie: Cornelia Niere
Satz: Elisabeth Werner
Herstellung: Viola Felicitas Hessemer
Druck und Bindung: Beltz Grafische Betriebe, Bad Langensalza
Printed in Germany
1 2 3 4 5 23 22 21 20 19

Weitere Informationen zu unseren Autor_innen und Titeln
finden Sie unter: www.beltz.de

Es war einmal 1975.

1. Bericht

Mama schickt mich zum Laden an der Ecke, Zwiebeln holen. Ich kann keine Zwiebeln leiden und hasse es, wenn mich die Großen rumkommandieren, und außerdem will ich gerade ein Lego-Flugzeug bauen. Was eine verflixt schwierige Sache ist, weil ich zu wenig flache Legosteine habe, um gute Flügel zu machen, und jetzt habe ich auch keine Zeit mehr zum Nachdenken. Wegen Mama.

»Ach Magdi?!«, ruft Mama. »Bring bitte noch zwei –«, aber jetzt hätte sie schon etwas lauter reden müssen, ich bin nämlich längst eine Treppe tiefer, und hier hört man schlecht, wenn jemand oben spricht, zumal wenn man zwei Stufen auf einmal nimmt, was ich nur deswegen mache, weil ich es kann und mein kleiner Bruder nicht. Frau Köhler findet das nicht so gut, weil es donnert, wenn ich runterrenne. Wenn sie meine Mutter sieht, beschwert sie sich immer: »Also, ihr Junge benimmt sich, als wäre er der einzige Mensch auf der Welt!« Das ist aber Blödsinn, denn ich habe drei Geschwister und die Köhler hat nicht mal einen Mann. Ich weiß ganz genau, dass ich nicht allein bin!

Mama hat mir verboten, *so was* zu sagen: »Das ist ungebührlich. Alle werden denken, du seist schlecht erzogen!« Mamas Bekannte sind alle gut erzogen und haben auch gebührliche Kinder und dann sagt Mama auch immer: »Guck nicht so. Man kann bei denen vom Fußboden essen, so sauber ist es da.« Ich muss lachen, wenn Mama das sagt, weil ich mir dann Frau Köhler vorstelle, wie sie auf dem Boden liegt mit einer Gabel in der Hand und einem dampfenden Spiegelei auf dem Läufer. Ich tue mir schon schwer, vom Teller zu essen, vor allem seit Mama mir verboten hat, den Daumen zu Hilfe zu nehmen. Ich habe keine Ahnung, wie man Reis ohne Daumen auf die Gabel kriegt. Mama benutzt ein Messer statt des Daumens und das ist wieder mal typisch: Sie darf einen Trick anwenden und ich nicht!

Im Gemüseladen schaut mich die Verkäuferin ganz komisch an, nur weil ich auf ihre Frage »Was willst du?« geantwortet habe: »Vergessen.« Dabei stimmt das. Das ist natürlich schlecht, weil jetzt muss ich heim und Mama fragen. Sie wird ganz sicher böse werden und dann schimpft sie mich: »Alles muss man selber machen. Wie willst du nur überleben, wenn du mal groß bist? Nimm dir ein Beispiel an …«

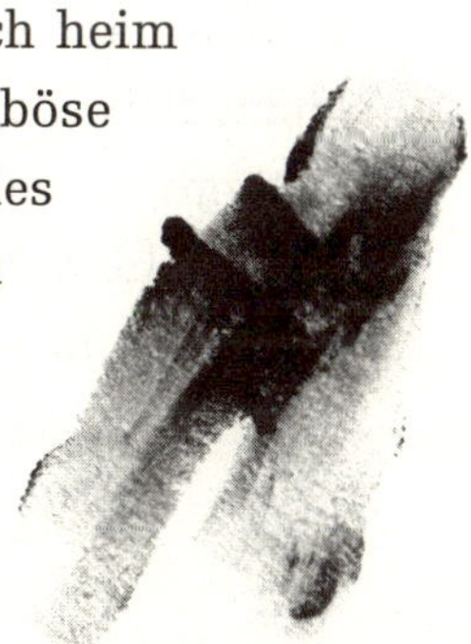

Zum Glück fällt mir gerade wieder ein, was ich kaufen soll.

»Kartoffeln brauch ich.«

Nun will die Verkäuferin wissen, ob »weich- oder festkochend«. Das ist wieder typisch Mama, weil das hat sie vergessen zu sagen, obwohl das wichtig zu sein scheint. Bestimmt wird sie dann wieder behaupten, ich hätte nicht richtig zugehört, was aber gar nicht stimmen kann, denn was nicht gesagt wurde, kann man auch nicht hören. Ich hab weichkochende gekauft, harte Kartoffeln will ich nicht essen.

Draußen muss ich auf den Boden gucken, weil auf der anderen Straßenseite gerade zwei Schulkameraden vorbeilaufen, und die müssen bestimmt keine Zwiebeln für ihre Mamas kaufen.

Zwiebeln?

Jetzt bin ich aber richtig sauer, weil ich ja Kartoffeln gekauft habe, und wenn mir nicht gleich eine gute Ausrede einfällt, muss ich wieder zum Gemüseladen.

»Kartoffeln?«

Typisch. Mama glaubt mir kein Wort.

»Ich habe ganz deutlich ›Zwiebeln‹ gesagt, kannst ja deine Schwester fragen.«

Wenn die alles besser weiß, warum geht sie dann nicht einkaufen? Aber das sage ich lieber nicht laut, Mama kann ganz schön wütend werden.

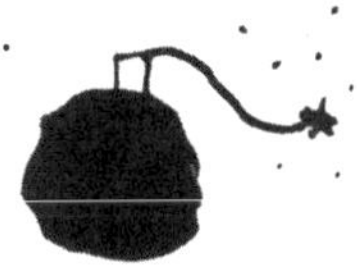

»Außerdem hatte ich dir noch hinterhergerufen, dass ich zwei Gurken brauche! Wo sind die?«

»Hab ich nicht gehört, ehrlich!«

Jetzt muss ich wieder zum Laden und das ist gemein. Eigentlich muss ich heulen, was ich aber lieber nicht tu, weil meine Schwester neben Mama steht und mich immer nachmacht, wenn ich weine.

»Was man nicht im Kopf hat, muss man in den Füßen haben«, sagt die Verkäuferin und die Frau neben mir lacht.

Ich find das gar nicht komisch. Die Verkäuferin ist eine blöde Kuh, die Frau neben mir auch. Die sind so blöd, dass sie gar nicht wissen können, wie blöd sie sind. So blöd sind die und noch viel blöder! Ich würde die jetzt gerne schupsen, dann würden sie über die Obstkisten fallen. Schupsen ist verboten, man kann schlimm stürzen. Wie ein Junge aus der Para-Klasse, der musste ins Krankenhaus und wurde am Kopf genäht. Man kann aber noch viel böser stürzen und dann wird man dumm, was aber der Verkäuferin und der Frau neben mir garantiert nicht mehr passieren kann, die sind nämlich schon dumm.

»Sind Sie schon mal geschupst worden?«, frage ich die Verkäuferin und sie guckt mich mit einem ganz dummen Gesicht an, dass ich mir eigentlich ganz sicher bin, dass sie schon mal auf den Kopp geknallt ist.

»Nein!«, antwortet sie mit lauter Stimme und jetzt ist

es auch klar: Sie ist so heftig draufgefallen, dass sie sich gar nicht mehr erinnern kann.

»Auf Sachen kommen diese Kinder...«, sagt die Frau neben mir. »Sind deine Geschwister auch so fantasievoll? Ihr seht euch ja alle zum Verwechseln ähnlich.«

Die spinnt voll.

»Gehst du auf die Hauptschule?«

»Nein.«

»Sonderschule?«

»Nein, aufs Gymnasium!«

»Ach. Das hätte ich aber nicht gedacht! Und deine Geschwister?«

»Die gehen auch aufs Gymi, nur Sam nicht.«

»Dann geht der in die Hauptschule?«

»Nein, der ist noch zu klein, der ist erst in der zweiten Klasse. Aber der wird auch aufs Gymnasium kommen.«

»Warum?«

»Weil Mama sagt, dass wir besser sein müssen als die anderen.«

Jetzt gucken sich die Frauen ganz komisch an und die Verkäuferin redet mit der Frau neben mir, als wäre ich gar nicht mehr da: »Das war ja zu erwarten.«

Vielleicht ist sie doch nicht so doof, weil das war wirklich zu erwarten, dass wir alle aufs Gymnasium kommen. Wenn wir nämlich nicht besser sind, dann hilft Vater nach.

»Für jemanden, der aufs Gymnasium geht, bist du aber

ganz schön vergesslich«, sagt die Verkäuferin und guckt mich streng an. Mir fällt gerade keine Antwort ein und ich muss auch gleich weinen, wenn ich nicht sofort rausgehe. Ich strecke ihr das Geld von Mama entgegen und sie rechnet laut: »Fünf Mark weniger drei siebenunddreißig ist wie viel?« Ich sage die Antwort, nehme das Wechselgeld und gehe.

Draußen heule ich wirklich. Das ist doof, weil man dabei entdeckt werden kann und ein Junge nicht weint. Ich starre auf den Boden, damit niemand meine Augen sehen kann. Im Treppenhaus wische ich mir die Tränen weg und warte, bis ich garantiert nicht mehr heulen muss.

»Das Leben ist nicht gerecht!«, sagt Mama immer und sie hat Recht.

Recht hat sie.

2. Bericht

Meine Schwester hat seit einem Monat einen Busen. Zuerst dachte ich, das sieht aber komisch aus, als würden sich zwei Finger durch den Pulli pulen. Aber jetzt habe ich mich daran gewöhnt und muss nicht mehr lachen, wenn ich das sehe. Außerdem hat Sam eine Kopfnuss von Vater bekommen, als er darüber einen Witz gemacht hatte. Vaters Kopfnüsse tun ziemlich weh, nicht gleich, aber dann, so nach ein paar Sekunden stechen die ganz schön und dann darf man auch nicht weinen, weil »ein Junge weint nicht«. Sagt Vater, und Mama sagt nichts, obwohl wir alle wissen, dass sie Vaters Sprüche genauso wenig mag wie seine Kopfnüsse.

Ich kann Vater nicht leiden, darf aber auch das nicht sagen, weil man *so was* nicht sagt und ich nicht nur Kopfnüsse kriege, wenn ich es ihm trotzdem sage. Aber er ist zum Glück nur selten zuhause. Er arbeitet viel und kommt erst spät am Abend heim, wenn er schon müde ist und sich ausruhen muss. Dann legt er seinen Aktenkoffer auf den Esstisch, seine Stinkefüße aufs Sofa und wartet auf Tee. Er hat bestimmt hundert weiße Hemden! Vater ist nämlich Chef, obwohl er Ausländer ist.

Mama sagt, er hat uns alle lieb. Aber das stimmt nicht. Mama sagt manchmal nicht die Wahrheit, aber sie merkt es nicht, deswegen ist das auch nicht lügen.

Meine Deutschlehrerin, Frau Voll, mag es nicht, wenn ich Worte wie »aber« oder »so« in aufeinanderfolgenden Sätzen wiederhole, ich soll auch nicht immer »sagen« sagen, sondern »antworten« oder »Antwort geben« oder »erwidern« benutzen. Aber das würde ich so nie sagen. Und die Voll kriegt das hier auch ganz bestimmt nicht zu lesen! Bin ja nicht wahnsinnig.

»Absätze«,

sagt sie, »mach

Absätze!«

Kriegt

sie.

3. Bericht

In der Schule haben wir alle gelacht, und jetzt muss Mama unterschreiben, dass ich in der Schule gelacht habe und sie es auch weiß.

»Warum hast du gelacht?«

»Weiß nicht.«

»Was gibt es denn zu lachen in der Schule?«, fragt sie. »Seit wann wird in der Schule gelacht?«

Die Wahrheit kann ich ihr nicht sagen: Oliver hat gesagt, dass er gleich einen Steifen kriegt, als er unsere Franz-Vertretung sah, und das kann man vor Erwachsenen nicht wiederholen, obwohl es so komisch ist. Ich muss auch lachen, wenn ich daran denke, drum versuche ich, nicht daran zu denken, damit Mama nicht denkt, dass ich sie auslache.

»Lachst du mich aus?«

»Nein.«

Unsere Franz-Vertretung hat einen dicken Busen. Mamas Busen ist nicht so groß, obwohl …

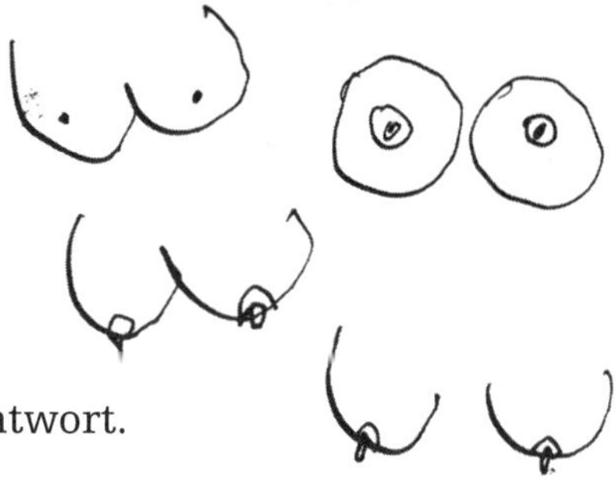

»Du lachst mich aus. Und beantworte endlich meine Frage!«

Ich muss nicht mehr lachen. Mama will eine Antwort. Das geht nicht.

»Unsere Franzlehrerin sieht sehr komisch aus und darüber haben wir gelacht.«

»Und du mal wieder vorne dran!«

Das sagt sie immer, dabei lache ich ganz leise und auch nicht immer als Erster.

Mein Bruder Joe hat zugehört. Der geht in dieselbe Schule und kennt sich aus: »Er meint die Dall, die hat einen Atombusen.«*

Jetzt muss ich doch wieder lachen, was doof ist, weil Joe und Mama nicht lachen.

»Woher hast du nur diese Worte?«

»Was für Worte?«, fragt Joe, obwohl er genau weiß, was Mama meint.

»Du weißt Bescheid. Also halte dich zurück. Und du:« – sie meint mich … – »Du kannst doch nicht jedes Mal in Gelächter ausbrechen, wenn du eine Frau mit großer Oberweite siehst.«

Doch, kann ich.

Das muss ich mir merken: *Große Oberweite!* Da werden meine Kumpels zusammenbrechen, wenn ich so witzige Worte sage.

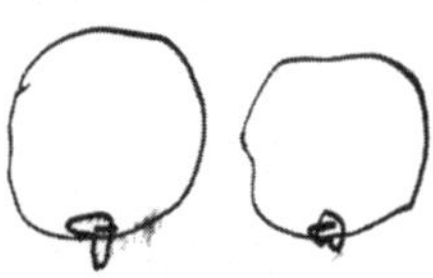

»Riesengroße Oberweite!«, sagt Joe und das war Absicht. Mama schreit ihn an und mich schiebt sie aus der Küche.

Joe ist schon klasse. Obwohl er die meiste Prügel von Vater kriegt, verpetzt er uns nie. Er sagt nur manchmal: »Ich war es nicht!« Aber so was glaubt Vater nicht, eigentlich machen ihn Worte nur wütender. Also ist Joe meistens still, wenn er Schläge kassiert.

Ich will dabei auch immer still sein, kann das aber nicht. Ich bin nämlich einen Kopf kleiner als Joe und das macht viel aus. Außerdem habe ich kurze Haare, weil ich mich noch nicht durchsetzen kann, und Joe hat lange Haare und muss sich manchmal sogar rasieren. Vater hat keine Haare oben und hasst lange Haare. Dafür hat er einen Bart.

Wenn ich mal so groß bin wie Joe, werde auch ich still sein, lange Haare haben und mich rasieren. Und wenn ich mal so groß wie Vater bin, hau ich zurück. Aber ohne Glatze!

Auf Mama ist kein Verlass, weil die hat selber Angst vor ihm und sie wächst auch nicht mehr! Außerdem sind Frauen immer schwächer als Männer. Das ist wissenschaftlich bewiesen.

4. Bericht

Mohammed Ali* hatte neulich in der Nacht geboxt und wir durften es nicht angucken, obwohl alle meine Freunde das sehen durften. Wir waren die Einzigen, die nicht gesehen haben, wie Ali geboxt hat. »Ach, lass sie doch«, hatte Mama gebettelt, aber Vater blieb hart. Das Leben ist hart, sagt nicht nur Mama und das stimmt. Am nächsten Tag haben alle nachgemacht, wie Mohammed Ali den anderen Boxer zu Boden geschlagen hat, und ich hab genau hingesehen, weil es für mich das erste Mal war, dass ich das sah. Ein toller Kampf war das!

Ich will auch wie Mohammed Ali werden, und dann boxe ich auch jeden, der nicht hören will.

Mein Bruder Joe hat Vater gefragt, ob er stärker ist als Mohammed Ali. Vater hat ganz komisch geguckt und dann »Weiß nicht« geantwortet. Mama hat gelacht. Da wussten wir, dass er nicht so stark ist.

Joe will auch wie Mohammed Ali sein. Die beiden sind sich auch ähnlich, weil Mohammed Ali heißt eigentlich ganz anders und mein Bruder Joe heißt eigentlich Joussef, was auf Deutsch Josef heißt. Und Josef heißt bei den Cowboys Joe, das wissen wir, weil wir *Bonanza** sehen dürfen, und *Bonanza* ist fast die tollste Sendung im Fernsehen. Ich weiß nicht, wie Mohammed Ali wirklich heißt, aber auch Sam heißt nicht Sam, sondern Samir.

Ich habe keinen Cowboynamen, weil das mit meinem Namen nicht geht! Ich hab Pech gehabt, meine Brüder nicht.

5. Bericht

Oliver sagt immer witzige Sachen. Er ist zwei Jahre älter als ich, obwohl wir in derselben Klasse sind, und kennt sich halt besser aus. Dann hat er auch noch eine Brille und Brillen haben sonst nur Lehrer.

Rainer braucht eigentlich auch eine Brille, aber er will keine Brillenschlange sein und sitzt lieber in der ersten Reihe, wo man den Lehrern so nah ist, dass man die Tafel kaum sieht. »Ich sehe nichts!«, ruft Rainer immer, was ja stimmt, weil er schlechte Augen hat. Aber er meint, dass der Lehrer alles verdeckt, was auch stimmt, aber nur die halbe Wahrheit ist. Doch die Lehrer kapieren nichts. Die kapieren nie was.

Einmal war die Tafel kaputt, die konnte man nicht mehr hochschieben, und unser Biolehrer musste sich bücken. Da rutschte sein Hintern halb aus der Hose und Rainer sah die Haare auf seinem Arsch, weil er ja auf kurze Entfernung gut sieht. Also hat Rainer alles ganz genau gesehen. Er hat Grimassen hinter dem Rücken des

Biolehrers gezogen und uns mit Händen gezeigt, wie lang die Haare sind. Wir haben gelacht und der Lehrer hat sich schnell umgedreht, was immer super komisch ist. Dann aber hat Oliver gesagt: »Der muss mal zum Friseur!« Da gab es einen Klasseneintrag und der Salomon, unser Mathelehrer, der auch unser Klassenlehrer ist, hat eine ganze Mathestunde lang mit uns über unser schlechtes Betragen diskutiert. Wir haben ihm das mit den Haaren gesagt und er hat auch gelacht. Der ist schon in Ordnung, obwohl er ein Lehrer ist. Den Eintrag konnte er nicht mehr rückgängig machen, aber ich habe ihn gebeten, nichts meinem Vater zu sagen, und er hat das echt versprochen.

Salomon ist wirklich nett.

6. Bericht

Die Deutschlehrerin Voll aber ist eine Nervensäge. Sie steht immer wippend vor uns und liest aus ihren Blättern vor, die sie immer mit der linken Hand hält, während ihre rechte Hand die linke fasst. Das sieht aus, als würde eine Hand die andere kontrollieren, und genauso spricht sie auch: Als würde jedes Wort zuerst an einem Linienrichter vorbeimüssen, Fingernägel zeigen, Rückennummer und Schuhstollen kontrollieren, bevor es auf das Feld darf. Sie zwingt uns, Aufsätze über unser schönstes Weihnachten zu schreiben, und mein Bruder Joe sagt, sie sei tatsächlich so eine, die an ein schönstes Weihnachten glaubt!

Weihnachten geht so, Frau Voll:

Ich habe schon morgens Bauchweh vor Aufregung, weil wir bestimmt wieder alles falsch machen werden. Irgendwas machen wir garantiert falsch, obwohl wir wie immer sind. Aber an Weihnachten reicht das nicht! Mama droht: »Wenn ihr so weitermacht, gibt es heute keine Geschenke!« Geschenke gibt's dann trotzdem. Aber wir wissen, dass wir sie eigentlich nicht verdient haben. Es ist Mama wichtig, dass wir das wissen, deswegen betont sie das so oft. Irgendwann streitet auch Vater mit ihr. »Wegen euch«, schreit er dann und »Ihr seid unmöglich«. Da meint er uns und Mama, obwohl sie brav war. Später gibt er mir oder meinen Geschwistern Mamas Geschenk und sagt: »Das ist für *eure* Mutter!« Wir bringen es Mama und sie sagt: »Danke!« Gleichzeitig hoffen wir, dass sie sich ehrlich freut, denn sonst gibt's Krach, und wir dürfen alle mit Bauchweh ins Bett.

So geht unsere Bescherung, Frau Voll!

Ich hatte gedacht, sie will uns ärgern und lässt uns so Zeug schreiben, damit wir unsere Köpfe anstrengen und etwas Überraschendes erfinden. Joe sagt aber, dass Frau Voll wirklich glaubt, Weihnachten sei die allerschönste Zeit, »vorallem, wenn man noch ein Kind ist«. So was glaubt nicht einmal Martha, die ein goldenes Kreuz am Hals hat und in den Ferien mit dem Pfarrer ins Landheim fährt, wo sie schon vor dem Frühstück beten muss.

Ich mag Kirchen, vor allem die mit Bildern drin, und gehe gerne rein. Obwohl ich keine Kartoffel bin!

Das ist ein bisschen kompliziert! Es waren eigentlich die Katholiken zuerst auf der Welt. Später gab's Ärger, und seither sind bei uns mehr Protestanten, was viel besser klingt, gebe ich zu. Doch sind die Bilder bei den Katholiken schöner, auch wenn alle »Kartoffeln« zu den

Katholiken sagen, was wirklich komisch ist. Aber Rino ist das natürlich egal: »Wenn schon, dann bin ich Spaghetti, du Eintopf!«

Zuhause sind wir Moslems, aber ohne Mama, die ist Kartoffel. Ich hab keine Ahnung, wie *Moslem* geht. Vater sagt nie was, und im Fernsehen hab ich gesehen, dass wir immer auf dem Boden liegen, weil es keine Stühle gibt.

Kompliziert eben.

Das mit dem Beten ist sowieso blöd, weil ich nicht weiß, mit wem ich spreche, während ich bete. Rino meint, dass er mit Gott spricht, der für ihn wie ein Vater sei, ein alter Vater, weil er ja schon am Anfang war. »Am Anfang war«, sagt Rino immer. Dann hat er mir Bilder von Gott gezeigt und darauf ist der tatsächlich so ein Opa mit tollen Muskeln. Ich kann mir aber nicht vorstellen, warum der freiwillig alt ist. Wenn er alles sein kann, wird der doch lieber wie Mohammed Ali aussehen wollen, oder? Wer ist schon freiwillig so alt?

Meine Oma, also die eine, die ich kenne, Mamas Mama, und nicht die andere, von der wir nur wissen, dass sie weit weg wohnt und nicht kommen wird, weil wir bestimmt Vater blamieren mit unserem Benehmen, also meine Oma ist super. Aber sogar die sagt, dass alt sein kein Spaß ist. Und ich glaube ihr, weil Oma schlecht hört, weswegen sie oft nachfragen muss. Was sie aber nicht immer tut, weil sie denkt, dass man sie dann für dumm hält! Obwohl sie nicht »Hä?«, sondern »Wie bitte?« sagt.

Meine Oma ist alt, nicht dumm!

Sie hat sich sogar selber schreiben beigebracht, weil es früher, als sie klein war, in den Alpen keine Schule gab. Sie musste im Sommer auf dem Feld aushelfen und im Winter im Haus und deswegen war keine Zeit für Schule. Weil alle Kinder damals helfen mussten, hat die Schule gar nicht mehr aufgemacht!

Meine Oma kommt aus dem Wald und von den Wiesen. Wenn wir mit ihr spazieren gehen, dann kann sie die Namen aller Pflanzen sagen. Ich kenne eigentlich nur die Worte Baum und Gras, ich gehe ja aufs Gymnasium. Wir wissen alles über Stempel und Narbe und Pollen, aber einen Baum vom anderen unterscheiden können wir nicht. Oma weiß sogar, welche Pflanzen giftig sind, und hat meiner Schwester und mir gezeigt, dass man den Stängel einer Blume quetschen muss, bis Milch raustropft, und diese Milch macht tot!

Ich trau mich aber nicht, das mal auszuprobieren, obwohl ich den Hund von unserem Hausmeister wirklich gemein finde. Aber dann denke ich nach und kriege Angst, dass, nachdem ich den Hund vergiftet habe, ich weitermache und den Hausmeister und die Verkäuferin im Gemüseladen und unsere Nachbarin töte. Bald vergifte ich jeden, den ich nicht leiden kann, und vielleicht kann ich die Leute, die ich vergiften werde, eigentlich doch leiden, nur habe ich mir nicht genug Zeit gelassen, das rauszufinden.

Mama wird ganz schön traurig sein, wenn sie erfährt, dass ich ein Mörder bin. Nur Vater wäre irgendwie stolz, weil ich ja gefährlich wäre, und so was gefällt ihm bestimmt. »Wo gehobelt wird, fallen Späne!«, sagt er oft, und ich habe lange nachgedacht, was das bedeutet. Er meint bestimmt, dass er der Hobel ist und wir das Holz. Als Mörder wäre aber ich der Hobel!

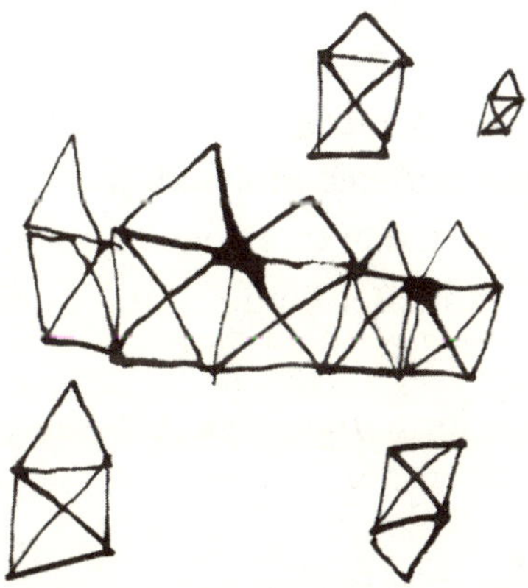

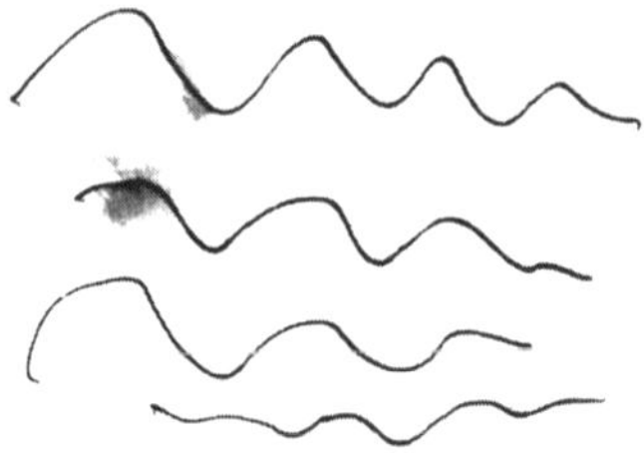

7. Bericht

Beim Schwimmen war ich Erster, das heißt, beim Tauchen war ich das! 64 Meter weit kann ich tauchen und hab das auch gemacht. Tadic, unser Sportlehrer, hat gefragt, ob ich in einem Schwimmverein bin. Bin ich nicht, weil wir zuhause vier Kinder sind und Mama einfach nicht so viel Geld hat und auch nicht die Zeit, uns da hinzubringen und wieder abzuholen. Weil, wenn einer will, wollen alle anderen auch, und dazu fehlen das Geld und die Zeit.

»Nein«, habe ich Tadic erklärt, »ich halte nur oft die Luft an.« Er hat gelacht. Ich habe mitgelacht, obwohl ich nicht wusste, warum. Wenn man von einem Erwachsenen ausgelacht wird, ist es ein guter Trick, einfach mitzulachen! Die Großen glauben dann, man würde mit ihnen lachen, und vergessen dabei total, dass sie eigentlich über mich lachen wollten. Bei Kindern funktioniert dieser Trick aber nicht.

Mama kann noch einen besseren Trick. Sie kann lachen, ohne zu lachen. Das geht so: Wenn jemand etwas sagt, was sie nicht gut findet, dann lacht sie ganz kurz und hört gleich wieder auf. Der ist ziemlich fies, und ich trau mich nicht, Mamas Trick zu machen, weil es sich komisch anfühlt, wenn ich den übe. So, als würde ich nicht meinen, was ich sage, oder nicht wollen, was ich tue. Irgendwie seltsam ist das – besser kann ich das nicht erklären. Auf jeden Fall macht der Trick ein komisches Gefühl wie Luft anhalten ganz am Schluss, wenn man unbedingt Luft holen will, aber den Mund fest geschlossen hält, damit es ein neuer Rekord wird.

In unserer Küche ist eine Uhr mit Sekundenzeiger! Wenn Mamas Essen nicht schmeckt, schaue ich zur Uhr und trainiere. Ich trainiere oft. Aber so was versteht ein Lehrer nicht.

Tadic ist voller Muskeln wie Mohammed Ali. Er kann turnen, aber Fußball kann er nicht, Boxen bestimmt auch nicht. Deswegen machen wir bei dem auch immerzu Zirkeltraining, was langweilig ist, weil wir in einer Reihe stehen müssen und warten, bis man endlich dran ist. Er will außerdem, dass wir hinsehen, wenn ein anderer gerade turnt, und wenn wir nicht hinsehen, dann bläst er in seine Trillerpfeife.

Einmal die Woche haben wir Schwimmen bei Tadic, und das ist viel besser, weil man beim Schwimmen nicht turnen kann. Außerdem will der Bademeister nicht, dass Tadic seine Pfeife mitnimmt, weil dann die anderen

Leute im Bad nicht mehr auf *seine* Pfeife hören. Der Bademeister hat nämlich auch eine, und wenn man ins flache Wasser köpft oder vom Rand ins Becken pinkelt, dann pfeift er, weil das alles verboten ist. Drum gehen wir ins Wasser, wenn wir pinkeln müssen.

Im Wasser ist Wasser, Pipi und Chlor. Chlor ist so ein Zeug, damit man vom Pipi nicht krank wird, wenn man Wasser trinkt. Es funktioniert gut, nur die Augen werden davon rot. Es riecht komisch, aber das muss es auch, damit man das Pipi nicht mehr riechen kann.

Rainer schwamm heute die ganze Zeit mit einer anderen Klasse, weil er so schlecht sieht und nicht gemerkt hat, dass er in der falschen Klasse war. Dabei hätte er nur mal riechen müssen, weil wir schlimmer stinken als alle anderen. Tadic sagt, dass er uns an unserem Gestank erkennen kann. Vielleicht hat Rainer nicht nur schlechte Augen, sondern auch eine schlechte Nase. Er muss auch immer eine Mütze aufsetzen nach dem Schwimmen. Seine Mama hat Tadic angerufen und der fand das gar nicht witzig! Seither brüllt er nach jeder Schwimmstunde: »Rainärr Mützä!« Ganz aggressiv. Rainer sagt, dass Tadic seiner Mama widersprochen hat, und so was kann seine Mama nicht leiden. Wir anderen gehen ohne Mütze in die Schule und im Winter werden unsere Haare nach der Schwimmstunde ganz steif. Rainer hat aber sogar in Frühling und Herbst eine auf. »Wegen dem Wind!«, sagt er, aber nur weil seine Mutter das sagt. Oliver hat ihn gefragt, ob er auch unterm Fön eine Mütze aufhat, weil da ja auch Wind rauskommt. Ich weiß nicht, was Rainer darauf geantwortet hat, weil wir uns kaputtgelacht hatten, und dann kam schon Tadic.

Tadic ist dumm, er kann nicht richtig Deutsch. Ich ärgere mich über Tadic, weil meine Klassenkameraden sagen, dass er Ausländer ist und *deswegen* dumm ist und nicht gut Deutsch spricht. Ich bin auch Ausländer und ich bin nicht dumm. Ich kann Deutsch, auch wenn die Voll unter meine Aufsätze schreibt: »Du musst dich um ein besseres Deutsch bemühen!« Joe hat die Voll in der Fünften und Sechsten gehabt und auch immer schlechte Noten von ihr gekriegt, jetzt hat er den Meincke und eine 2!

Das Gymnasium ist ungerecht. Wenn ein Schüler dumm ist, muss er auf die Hauptschule, ein dummer Lehrer darf aber bleiben. Das finde ich nicht richtig! Obwohl das stimmt, hat Mama verboten, dass ich das herumerzähle.

Ich weiß, dass es »wegen des Windes« heißen muss. Aber Rainer weiß das nicht.

8. Bericht

Der Mathelehrer von unserer Para-Klasse hat was mit unserer Franzlehrerin, sagt Oliver, und der muss es wissen, weil er schon mal was mit einem Mädchen aus der Neunten hatte. Wir haben das nicht gleich gemerkt, aber jetzt haben wir es genau gesehen. Die beiden Lehrer lächeln! Außerdem stehen sie in jeder Pause nebeneinander rum. In jeder Pause, und dabei lächeln sie, das machen nicht mal Martha und Evelyn und die sind beste Freundinnen.

Der Mathelehrer ist verheiratet, er hat den Ring am Finger, aber nicht mit der Franzlehrerin, die hat keinen Ring. Einer aus den oberen Klassen hat gesagt: »Der glaubt wohl, er sei Willy Brandt.«* Das ist ein Witz. Ich habe auch mitgelacht, weiß aber nicht, warum. Muss Joe fragen.

Wenn unser Klassenlehrer Salomon an der Franzlehrerin vorbeigeht, nimmt er den Weg hintenrum und guckt auf ihren Hintern, sodass sie es nicht merkt. Der

Mathelehrer aber guckt die Franzlehrerin voll an, richtig ins Gesicht, und sie merkt es und hat nichts dagegen. Die sind bestimmt verliebt.

9. Bericht

Unser Klassenlehrer, der Salomon, der kann Gitarre spielen, und am Ende des Schuljahres singt er mit uns in den Freistunden vor der Zeugnisausgabe. Schade, dass Rino das nicht mehr miterlebt.

Ich will Gitarre lernen, darf aber nicht, weil das teuer ist. Meine Schwester spielt Blockflöte. Vater sagt, wenn ich auch ein Mädchen sein will, kann ich mir die Flöte meiner Schwester ausleihen. Ich will aber Gitarre spielen, am liebsten eine *Beatles*-Gitarre mit Kabel dran, das Kabel steckt man in die Steckdose und dann ist es laut. Aber das kann ich meinem Vater nicht sagen, der regt sich schon auf, wenn Joe seine Schallplatten hört.

Joe hat eine Lieblingsband, die heißt *Slade.** Ich mag die *Beatles** lieber, aber *Slade* ist meine drittbeste Band nach *The Sweet.** Mein Bruder findet *The Sweet* aber grau-en-haft! Er sagt auch immer her-vor-rag-end, so mit Pausen drin!

Mama sagt, Joe ist überspannt. Ich

will auch überspannt sein, weiß aber nicht, wie das geht.

Scha-de.

Slade singt ein Lied, das heißt *My friend Stan*. Ich würde auch gerne Stan heißen, weil ich doch Stan Laurel* so leiden mag und weil ich dann endlich auch einen amerikanischen Namen hätte! Ich weiß, dass alle »Dick und Doof« sagen, ich weiß, dass alle über mich lachen, wenn ich »Stan und Ollie« sage, ich weiß, dass ich nicht sagen darf, dass ich die lieb hab, weil dann alle noch mehr lachen. Ich kann niemandem sagen, dass ich traurig bin, weil sie schon tot sind und ich sie deswegen nie umarmen werde, obwohl ich das so gerne tun würde. Das alles weiß ich und werde es garantiert nie jemandem verraten.

Außerdem weiß ich, dass Rino so gut wie tot ist, seit sie ihn weggebracht haben, und dass ich nie wieder so einen Freund haben werde. Auch das behalte ich für mich, weil ich bin ja nicht schwul. Aber ich vermisse Rino trotzdem. Und Stan und Ollie! Auch wenn man das alles so nicht sagen darf.

Oder schreiben!

Schei–

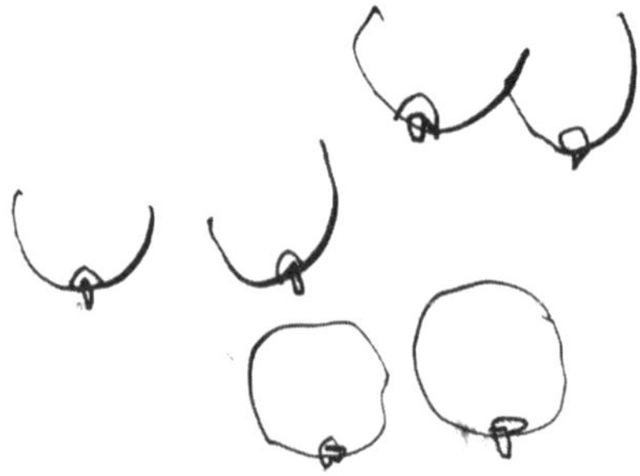

10. Bericht

Unsere richtige Franzlehrerin kommt nicht wieder und wir haben den Atombusen bis zum Ende des Schuljahrs. Die alte Lehrerin hat Krebs*, und Silvia hat eine Mama mit Krebs gehabt, die ist nun tot. Silvia behauptet, die Lehrerin wird auch bald sterben, aber so redet Silvia erst, seit ihre Mutter gestorben ist.

Das war damals komisch gewesen, als wir von ihrem Tod erfahren hatten. »Komisch« ist das falsche Wort, ich kenne aber gerade kein besseres. Unser Klassenlehrer war in die Erdkundestunde gekommen, obwohl er eigentlich Mathe und Physik unterrichtet, und hatte uns erklärt, dass Silvia heute nicht in die Schule kommt und die nächsten Tage auch nicht. Dann hatte er seltsam geguckt, als ob er gleich weinen muss, glaube ich, aber ich bin mir nicht sicher. Ganz leise hatte er dann erklärt, dass Silvias Mutter gestorben war. Wir waren alle traurig, unser Klassenlehrer hatte gefragt, ob wir Fragen haben, und ich habe mich gefragt, ob Silvia gewusst hat, dass ihre Mama sterben wird, oder überrascht worden ist. Ich hab mich auch gefragt, was schlimmer ist: Ob ich wissen will, dass meine Mama stirbt, oder ob ich lieber überrascht werden will? »Überrascht« ist auch das falsche Wort, glaube ich. Ich hatte mich nicht getraut, das laut zu fragen, weil das komische Fragen sind und weil ich ja weiß, dass man das so nicht sagt. Aber wie man das richtig sagt, wusste ich nicht. Ich weiß es noch immer nicht.

Niemand hatte geredet und deswegen ging unser Klassenlehrer wieder, und der Erdkundelehrer kam auch nicht mehr, weil der wahrscheinlich gedacht hatte, dass unser Klassenlehrer mehr Zeit braucht. Aber es war dann doch schnell gesagt, das mit dem Tod. Damit hatte niemand gerechnet und wir hatten eine Freistunde.

Vom Krebs unserer alten Franzlehrerin haben wir keine Freistunde bekommen. Silvia sagte: »Dann wird es nicht mehr lange dauern.« Sie weiß, wie man so was sagt. Ich habe das alles beinahe vergessen, aber als ich vorhin nach Hause kam und meine Mama sah, musste ich an Silvias Mama denken und an unsere Französischlehrerin, auch weil Silvia gesagt hat: »Ihre Kinder tun

mir leid.« Sie redet so, seit ihre Mutter tot ist. Sie weiß, was Krebs ist. Ich will das nicht wissen und höre nicht zu, wenn sie und die anderen darüber reden. Man muss Latein können, wenn man Arzt werden will. Ich habe Franz gewählt, also kann ich nicht mehr Arzt werden, sagen unsere Lehrer, und dann will ich auch nicht wissen müssen, was Krebs ist. Außerdem sagt Silvia immer: »Sterben muss jeder!«, und dann ist es auch egal, ob einer Latein kann oder nicht.

In *Bonanza* ist auch die Mutter gestorben, lange bevor sie angefangen haben, diese Filme zu drehen. Auf der Farm gibt es drei Brüder und einen Vater. Sie reden manchmal über die Mutter, aber ich weiß nicht, woran sie gestorben ist. Ich habe nicht alle Folgen gesehen! Aber ich glaube, das hat niemand, es sind einfach zu viele! Außerdem darf ich nicht immer gucken. Wenn ich etwas falsch gemacht habe oder wenn meine Eltern sauer sind, darf ich nicht fernsehen. Aber auch so, ganz ohne Grund, ist es manchmal verboten.

Thomas wohnt einen Stock über uns und er darf sich seine Strafe aussuchen. Er entscheidet, ob er Prügel kriegt oder Fernsehverbot. Das ist eine schwierige Frage, wenn man vorher nicht weiß, wer zuhaut. Weil, Mamas Schläge tun nicht weh. Mama war ganz schön sauer, als ich ihr mal erklärt hatte, dass ihre Prügel nicht so weh tun. Dabei habe ich extra betont, dass es schon *ein bisschen* weh tut, damit sie nicht beleidigt ist. Danach hatte sie sich echt angestrengt. Aber es tut ihr selber leid, wenn sie uns haut, und das macht die Strafe auch irgendwie schlimmer. Sie haut uns nicht gern, und wir sind schuld, wenn sie es trotzdem tut.

Bei Vater ist das alles anders. Ich überlege mir manchmal, wie viele Folgen *Bonanza* ich mindestens sehen müsste, damit ich freiwillig seine Prügel wählte. Hundert oder so. So viele Filme gibt es bestimmt nicht. Außerdem ist es ihm egal, wie stark er zuhaut, und deswegen weiß man nie, was einen erwartet.

Meine Schwester haut er aber nicht. Er ist nicht so einer. Mama würde ausziehen, wenn er auch meine Schwester schlüge, hat Mama gesagt. Aber Mama wird das niemals tun. »Die nicht!«, sagt Joe. Ich weiß genau, was er meint. Dabei wünsche ich mir so sehr, dass wir von ihm weggehen. Doch Wünsche gehen nicht in Erfüllung, das habe ich kapiert, bin ja kein Kind mehr.

Ich mach mal einen Absatz, das soll ich nämlich üben, sagt auch mein Nachhilfelehrer!

Und die Voll natürlich …

Da, schon wieder einer. Da wird sich aber mein Nachhilfelehrer freuen, wenn ich ihm das Heft zeige …

Tu ich aber nicht!

Die Fußballweltmeisterschaft letztes Jahr war klasse. Gerd Müller* hat das Sieg-Tor geschossen und wir sind jetzt Weltmeister. Alle sind nach Abpfiff auf die Straße gelaufen. Sogar die Köhler hatte uns zugelächelt und immer wieder »Sieg! Sieg!« gerufen, als hätte sie das schon mal geübt in ihrem Leben.

Tadic hat uns im Unterricht kicken lassen! Tadic!! Wirklich wahr!

Alle wollten Franz Beckenbauer* oder Gerd Müller sein und niemand Sepp Maier,* weil niemand im Tor stehen will, wo man keine Tore schießen kann, aber das weiß man ja vorher. Leider muss ein Torwart mitspielen, sonst fallen zu viele Tore, und wenn Dirk fehlt, gibt es immer Ärger, weil keiner freiwillig ins Tor geht außer Dirk. Dann knobeln wir das aus und der Verlierer muss ins Tor. Der kassiert dann absichtlich ein Tor, weil er wieder rauswill, und behauptet: »Ich bin schon so lange im Tor und jetzt ist gut, das ist nicht fair, alle anderen dürfen spielen, nur ich nicht …« Niemand will tauschen. Der Torwart ist beleidigt und lässt noch einen rein! Also gibt es richtig Krach!

So viel Knatsch gibt es sonst nur beim Elfmeter, weil den jeder schießen will. Meistens darf Oliver, er ist der Stärkste in unserer Klasse. Aber wenn er einen Elfer verschossen hat, dann traut er sich beim nächsten Mal nicht, und wir streiten noch länger als sonst, weil nicht klar ist, wer Zweitstärkster ist. Tadic meint, wir würden mehr quatschen als kicken, und das könnte tatsächlich richtig sein. Das wäre das einzige Mal in seinem Leben gewesen, dass Tadic Recht gehabt hatte, und niemand außer mir hat es gemerkt! Ich hatte ihm zugezwinkert, aber das hat er nicht geschnallt und voll doof geguckt.

Mir hat er eine 3 in Sport gegeben, der hat doch 'nen Knall, der Tadic! Er hat keine Ahnung! Der sollte Mädchen unterrichten, die haben nämlich auch keinen Schimmer und turnen gerne! Mädchen müssen aber von einer Frau unterrichtet werden, falls es Ärger im Umkleideraum gibt und man da reinmuss, um Einträge und Strafarbeiten zu verteilen. Als würde so was bei denen passieren …

Aber total verrückt ist, dass die Birk, die Sportlehrerin, Fußball mag! Sie läuft in einem Deutschland-Trikot mit der Nummer 13 herum. Die hat also richtig Ahnung und lässt sogar die Mädchen kicken, auch wenn die lieber turnen würden. Das wäre die richtige Lehrerin für uns Jungs. Vielleicht würden wir dann auch weniger streiten. Oliver kriegt bestimmt einen Ständer, wenn er von einer Frau mit Busen unterrichtet wird, und ich darf endlich mal einen Elfer schießen, weil Oliver immer aufs Klo muss. Ich würde mehr Tore schießen und eine 1 in Sport kriegen! Tadic muss zu den Mädchen!

Wünsche gehen aber nicht in Erfüllung. Vielleicht kriegt Tadic Krebs. Ich will nicht, dass er stirbt, ich will nur, dass er uns nicht mehr unterrichtet. Leider kenne ich keine andere richtige Krankheit.

11. B

Ich muss immer früh in die Schule, weil ich noch Hausaufgaben abschreiben muss. Wenn ich Pech habe und niemand da ist, der mich abschreiben lässt, muss ich die Hausis sogar selber machen, und dann wird es ganz knapp mit der Zeit. Der Hausmeister sperrt die Schule erst eine Viertelstunde vor Unterrichtsbeginn auf. Im Sommer ist das kein Problem, ich schreibe einfach auf der Tischtennisplatte neben dem Bolzplatz, wenn es nicht gerade regnet. Aber im Winter muss ich die Hausaufgaben in den kleinen Pausen zwischen den Unterrichtsstunden machen, weil es in der Frühe einfach zu kalt ist.

Die Lehrer wissen Bescheid, weil Dirk mich verpetzt hat. Aber da ich (außer in Deutsch und Franz und manchmal in Erdkunde und Bio) ganz gute Noten habe (vor allem in Mathe, und Mathe unterrichtet der Klassenlehrer, der mit den Eltern redet), machen die Lehrer keinen Ärger. (Ich soll nicht in Klammern schreiben …) Außerdem schreibe ich bei Klassenarbeiten nie ab! Das wäre ein Riesenfehler, und Riesenfehler mache ich nicht, denn dann werden die Eltern informiert.

Zum Glück sind Joe und meine Schwester sehr gute Schüler, da schauen die Lehrer bei mir nicht so genau hin. Meine Schwester hat sogar Bücher mit ihrem Zeugnis gewonnen, was natürlich total blöd ist, denn wir dürfen unsere Bücher am Schuljahresende abgeben und sie kriegt neue. Und Joe ist sowieso schlauer als alle Erwachsenen, die ich kenne (außer Mohammed Ali vielleicht). Na ja, wahrscheinlich denken alle, ich muss deswegen auch klug sein. Weil aber alle denken, ich sei faul, denken jetzt auch alle, ich wäre eigentlich viel besser.

Die Wahrheit ist, dass ich nicht faul bin und ganz bestimmt nicht besser. Ich habe nur keine Lust auf Hausis. Ist so! Ich lerne, wenn ich in der Schule bin, und nach dem Unterricht will ich nichts mehr damit zu tun haben. Ich will auch meine Freizeit!

Mama sagt immer, sie hätte gerne mehr Freizeit. Diesen Fehler mache ich nicht. Ich nehme mir meine Freizeit und will, wenn ich erwachsen bin, meinen Kindern nicht mit so Sprüchen in den Ohren liegen wie:

»Was soll nur aus dir werden?

Wie sieht es denn hier wieder aus?

Kannst du nicht mal aufpassen!

Schon wieder keine Hausaufgaben?
Muss ich alles tausend Mal sagen?
Wenn ich mir das in deinem Alter erlaubt hätte …
Früher war das ganz normal!
Ich hätte auch gerne Ferien!

Noch einmal auf die Welt kommen
und wissen, was ich jetzt weiß.

Auch ich will mal meine Ruhe haben.

Muss ich immer hinter dir herräumen?
Ich habe ja nichts anderes zu tun.
Wann wirst du endlich mal erwachsen?

Mal schauen, wie du das deinem Vater erklären wirst!
Willst du das?

Wer war das?

Hör zu.
Hast du das gehört?
Hast mal wieder nicht zugehört.
Keiner hört mir zu.
Hör halt zu!

Kannst du nicht einfach mal tun, was man dir sagt?

Ich will das gar nicht wissen.

Denkt hier irgendwer auch mal an mich?
Ich bin nicht eure Putzfrau!

Füße runter!«

Wenn man diese Sprüche auf Zettel schreibt und die Zettel dann verbrennt oder vergräbt, dann sind die Sprüche trotzdem nicht tot! Ich habe das ausprobiert. Es hat nicht geholfen. Sie kommen aus dem Grab heraus und spuken herum. Das sind voll die Vampire. Ganz schön gruselig, finde ich.

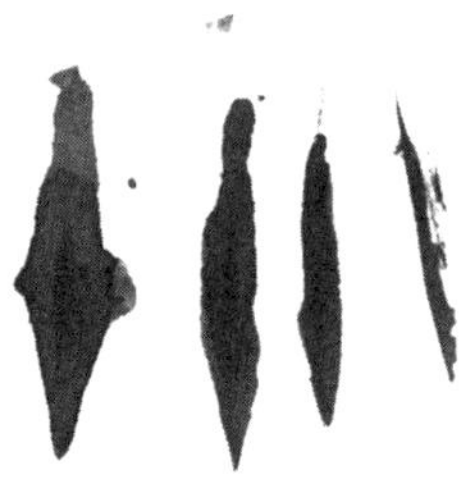

12.

Joe erzählt nachts Geschichten, wenn wir nicht schlafen können, weil nebenan Krach ist, oder auch nur so. Wir müssen jeden Tag um neun das Licht ausmachen, die Vorhänge zuziehen und schlafen. »Damit ihr nicht in der Schule schlaft«, sagt Mama. Aber nicht mal Sam ist um neun müde, obwohl er erst 8 Jahre alt ist.

Zum Glück erzählt Joe seine Geschichten von Tom Sawyer und Huckleberry Finn.* Ich würde gerne Huck oder Finn heißen, von mir aus auch Tom. Die beiden leben am Mississippi, das ist ein Fluss mit Schaufelraddampfern in Amerika, als es noch Sklaven gab. Genau dort am Mississippi leben die beiden. Tom hat keine Eltern mehr, wohnt bei seiner Tante und ist lustig. Finn ist auch ohne Eltern, weil seine Mama tot ist und sein Vater ein Arsch. Finn raucht. Er hilft einem Sklaven bei der Flucht. Das ist ganz großartig, weil Mohammed Ali der Nachkomme von Sklaven ist (das hat der Fernseher gesagt), und vielleicht war dieser Sklave, dem Huck geholfen hat, ja der Opa von Mohammed Ali. Ich hätte auch geholfen!

Wir schlafen zu viert in einem Zimmer. Joe und ich in unserem Hochbett. (Ich muss aber unten liegen, weil ich noch zu klein war, als das Bett gekauft wurde.) Unsere Schwester und Sam haben eigene Betten.

Joe kann toll erzählen, das ist richtig spannend, und man hat Angst, wenn Verfolger kommen, und freut sich, wenn die es nicht schaffen. Joe liest viel. Ich hingegen lese nicht gerne. Außerdem würde ich dann die Geschichten alle schon kennen, und so machte das bestimmt keinen Spaß mehr, Joe zuzuhören.

Meine Schwester kann auch Geschichten erzählen, aber ihre sind nicht so spannend, weil sie Mädchenbücher mit Bauernhöfen und besten Freundinnen lesen muss. Da wird nur ein Pferd befreit, und das ist langweilig, weil ein Pferd ist kein Löwe. Sie würde lieber Joes Bücher lesen, aber die Lehrer sind dagegen. Sie haben unseren Eltern eine Empfehlungsliste gegeben, da sind für Mädchen nur bescheuerte Bücher drauf. Das ist ungerecht, weil meine Schwester ist nicht bescheuert, aber Lehrer haben ja immer Recht, die Blödmänner.

Sam will auch erzählen, aber seine Geschichten beginnen immer mit: »Es war einmal ein Mann …«, und dann müssen wir lachen, weil er keine

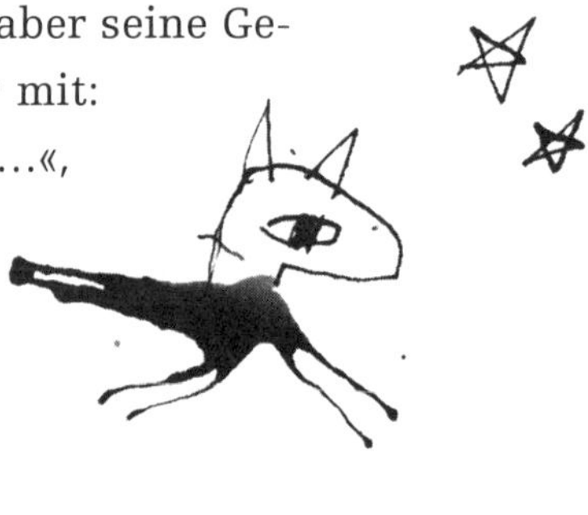

Ahnung hat, wie die Geschichte weitergehen soll. Manchmal heult er dann, aber damit kommt er bei uns nicht durch, auch wenn er der Kleinste ist.

Die Voll behauptet, ich soll mehr lesen. Ich glaube aber, dass ich lieber schreibe als lese, weswegen sie erwidert, dass man viel gelesen haben muss, um selbst schreiben zu dürfen. Darum soll ich mehr lesen, dann würde ich auch Stil lernen und bessere Noten kriegen. Aber gute Noten gibt es in meiner Familie genug, und überhaupt, Stil will ich nicht! Joe sagt, Stiel ist am Besen. Super Witz, darf ich auch nicht weitersagen.

Meine Schwester meint, dass die Voll selbst kein gutes Deutsch spricht, und das muss stimmen, denn meine Schwester ist Klassenbeste und wird Schriftstellerin oder Forscherin und bestimmt nicht Lehrer. Das hat sie ihrem Lehrer gesagt und hat seither Ärger mit ihm. Ihr Lehrer (Schmitti, der immer so nett tut und in Wirklichkeit ein Arsch ist) hat mit der Klasse über Berufe diskutiert, und meine Schwester hat erklärt, dass sie nach 13 Jahren Schule ganz sicher nicht gleich wieder als Lehrer in eine Schule will. »Ich will mit meinem Leben etwas anfangen!« Alle haben gelacht, nur Schmitti hat ganz beleidigt geguckt und hätte ihr gerne einen Eintrag verpasst, aber er hat nicht gewusst, warum. Sogar Mama hatte gelacht. Nur unser Vater war aufgebracht und hatte mit ihr geschimpft: »Der Lehrer ist dein Vorgesetzter. So darf man nicht mit seinem Vorgesetzten reden. Er sitzt am längeren Hebel.« Vater glaubt das und Mama auch, weil Mama hat nur Vorgesetzte außer uns Kinder.

Meine Schwester ist wirklich klug. Schmitti nannte sie eine Zeit lang »Fräulein Neunmalklug« und nicht einmal die Schleimer in ihrer Klasse lachten. Einmal hat meine Schwester deswegen geweint. Wenn man immer gehänselt wird und sich nicht wehren darf, geht das ganz schön auf die Nerven. Schmitti hat Schiss gekriegt und sich entschuldigt. Er wollte mit meiner Schwester vor die Tür gehen, aber sie hat nur den Kopf geschüttelt und gesagt: »Nicht ohne Zeugen!« Da ist ihm ganz anders geworden. Dabei muss er sich nicht fürchten, weil Vater sagt: »Der Lehrer hat immer Recht!« Damit ist alles entschieden. Aber das weiß der Schmitti zum Glück nicht.

Joe hatte mal eine Ohrfeige vom Musiklehrer gekriegt, der Musiklehrer hatte sich tausend Mal entschuldigt und wollte auch unsere Eltern anrufen, aber da hatte ihn Joe angeschrien, er soll sich um seinen eigenen Scheiß kümmern! Das hat der Musiklehrer dann auch gemacht. Joe hat uns davon erzählt, nachts, als wir nicht schlafen konnten, und in

dieser Nacht konnte ich dann überhaupt nicht einschlafen, weil ich so wütend war und dem Musiklehrer immer wieder ins Gesicht boxen wollte.

Das ist das Schlimme an Ungerechtigkeiten, man kann sie nicht vergessen. Wenn man denkt, man hat sie vergessen, sind sie schon wieder da. Die Dinger sind wie Mamas Sprüche.

13.

Jürgen Hörner hat meinen Vater beleidigt, er hat gesagt: »Dein Vater ist ein Arschloch!«

Das ist gemein, weil zuerst haben wir uns gut vertragen, haben sogar rumgeblödelt. Dann hat Hörner wie immer mit seinem Vater angegeben, weil der einen Mercedes fährt, den er von »seinem Arbeitgeber zur Verfügung gestellt kriegt«, und diesen Spruch kann ich schon auswendig. Also habe ich zu ihm gesagt, er soll nicht so mit seinem Vater prahlen, zumal wir gar nicht von Vätern, Autos oder Arbeitgeber geredet hatten. Ich weiß nicht mal, was ein Arbeitgeber ist. Aber Hörner muss immer wieder mit seinem Alten anfangen, auch wenn es überhaupt nicht passt.

Hörner war sofort beleidigt, dabei waren wir ganz allein und hatten keine Zeugen. Hörner sagte: »Ich habe immerhin einen Vater zum Angeben!«, und ich sagte: »Ach, und ich etwa nicht?«, was wirklich blöd ist, weil ich am besten weiß, dass man mit meinem Vater nicht angeben kann, und überhaupt: Es kann nicht nur Mercedes-Fahrer geben! Es muss auch Opel-Fahrer geben oder Fußgänger wie Mama.

Hörner war wütend und meinte: »Dein Vater? Dein Vater ist ein Arschloch.« Das ist gemein, weil das eigentlich eine Beleidigung ist und ich mich deswegen auch wehren muss. Viel gemeiner aber ist, dass es die Wahrheit ist und ich mich trotzdem wehren muss. Noch viel, viel gemeiner ist, dass, wenn Vater mitkriegt, dass ich mich gehauen habe, er *mich* haut, weil er nicht will, dass ich mich haue.

Joe sagt, dass wir Verlierer sind, und das ist auch schon die Erklärung, warum Joe Recht hat.

Hörner war das alles gleich peinlich, weil er weiß, dass es einen Eintrag gibt, wenn wir uns prügeln. Die Lehrer würden uns fragen, warum wir uns kloppen, und dann werden wir nachsitzen müssen, weil ich nicht sagen kann, was Hörner gesagt hat, und Hörner kann es auch nicht sagen, weil er dann einen Brief an seine Eltern riskiert!

Ich habe mich total blöd gefühlt, weil ich mich nicht für meinen Vater prügeln will, damit mein Vater mich auch noch verprügeln kann. Ich habe nicht gewusst, was ich sagen soll, und Hörner hat mich so angeguckt, als würde er auch nichts mehr kapieren. Also ist er einfach weggegangen. Ich bin stehen geblieben und habe die blöden Büsche angestarrt, die sie ums Schulgebäude gepflanzt haben, damit man nicht an die Fenster im Erdgeschoss klopfen kann.

Das sind vielleicht Scheißbüsche.

Wir hatten mal Fangen gespielt und waren durch die Büsche gerannt, aber da kackt der Hund vom Hausmeister hin und wir hatten danach die Kacke an den Schuhen. Als wir uns beim Hausmeister beschwerten, hatte der nur gemeint, dass es verboten ist, durch die Büsche zu rennen, und wenn wir uns an das Verbot gehalten hätten, dann wären jetzt unsere Schuhe nicht voller Scheiße. Wir hatten gefragt, wo das denn steht mit den Büschen und dass es verboten sei, da Fangen zu spielen, und der Hausi meinte nur: »So was weiß man!« Also liefen wir mit den Scheißeschuhen durch die Schule und überall waren unsere Spuren. Als wir im Unterricht saßen, hatte man draußen auf dem Schulflur den Hausi fluchen hören, aber nur leise, weil er ja den Unterricht nicht stören darf, sonst kriegt er Ärger. Wir sind eigentlich alles losgeworden, was an unseren Sohlen war, aber der Lehrer hatte trotzdem die Fenster aufgemacht, als er in unser Klassenzimmer kam!

Genau an den Scheißbüschen bin ich gestanden, als Hörner meinen Vater beleidigt hatte. Dann hat die Schulglocke zum Ende der Pause geklingelt und ich wollte eigentlich nicht mehr in die Klasse. Plötzlich stand Hörner neben mir, nahm mich an der Hand und sagte: »Entschuldigung, das wollte ich nicht sagen. Dein Vater ist kein Arschloch. Tut mir leid.« Er zerrte mich in die Klasse. Wir waren 3 Sekunden zu spät gekommen, und Hörner hatte für uns beide eine Ausrede erfunden, an die ich mich gerade nicht erinnern kann.

Der Hörner ist nett, auch wenn er keine Ahnung hat.

14. B.

Mama fragt, warum ich so viel in dieses Heft schreibe, und ich antworte, dass der Nachhilfelehrer gesagt hat, dass ich meinen Alltag niederschreiben soll, dann würde ich automatisch immer besser werden in Deutsch. Mama fragt: »Also schreibst du ein Tagebuch?« Ich weiß, dass Mädchen Tagebücher schreiben und Blumen oder Tierbilder reinkleben. Ich bin kein Mädchen.

»Nein, das sind Berichte!«

Das Wort finde ich klasse, weil auch die Polizei Berichte schreibt. Mama zuckt mit den Schultern und sagt: »Wenn's hilft …«

Ich habe keine Ahnung, ob das hilft, weil ich nie gefunden habe, dass ich schlecht schreibe, auch wenn das die Voll unter jeden meiner Aufsätze schreibt. Aber die Voll denkt jetzt, dass ich mich anstrenge, weil der Nachhilfelehrer ein Bekannter von ihr ist und alles weiterpetzt. Drum ist meine Mama auch immer so höflich zu ihm, wenn er zu uns kommt. Meine Geschwister müssen während meiner Nachhilfestunde raus und spielen, damit ja nichts Dummes passiert. Er kriegt immer eine Tasse Tee hingestellt, weil er einmal gesagt hat, dass er Tee mag, und dann diktiert er oder lasst mich etwas über mein Wunsch-Fahrrad schreiben, was aber keine gute Idee ist.

Ich will nämlich ein Fahrrad mit einem langen Lenker und einem Motor. Er hatte geschimpft und behauptet, ich hätte ein Motorrad beschrieben, was aber nicht stimmt, weil ich nicht Motorrad fahren darf. Ich bin doch noch ein Kind! Das hatte ich ihm erklärt und gesagt, dass das ein Fahrrad mit Motor sei. Er schüttelte den Kopf und widersprach, was ich übrigens genauso wenig mag wie Rainers Mama. Aber ich kann mich nicht so gut durchsetzen. Also hatte er behauptet, was auch die Voll immer über meine Aufsätze sagt, nämlich, dass ich das Thema verfehlt habe. Und das ist es, was ich nicht verstehe: Da soll ich mir ein Fahrrad wünschen und dann soll es nur dem Lehrer gefallen!

Aber egal, nächstes Jahr kriegen wir einen neuen Deutschlehrer und dann schießen meine Eltern den Nachhilfelehrer auf den Mond, weil ich bestimmt bessere Noten kriegen werde! Und mein Nachhilfelehrer wird berühmt, weil er dann der erste Mensch ohne Astronautenanzug auf dem Mond ist. Mit seinem Pullunder und einer Teetasse in der Hand hüpft er durch die Krater und hofft, nichts zu verschütten. Der Quatschkopf hat immer Pullunder und Hemd an und sieht aus, als wäre er gerade von seiner Mami zum Milchholen geschickt worden. Der steht dann auf dem Mond und ruft: »Mami!« Vielleicht ist ja die Voll seine Mama, und das kann er nicht zugeben, weil das voll peinlich ist. Ich bin in meinem Zimmer, schaue durch ein Teleskop, und was sehe ich? Wie die Voll meinem Nachhilfelehrer die Stirn küsst, während er sich den Pullunder gerade zieht, weil der in der Schwerelosigkeit immer hochrutscht.

Aber egal, Hauptsache, meine Mama ist zufrieden, weil seine Mami zufrieden ist, weil ich dann keinen Ärger kriege.

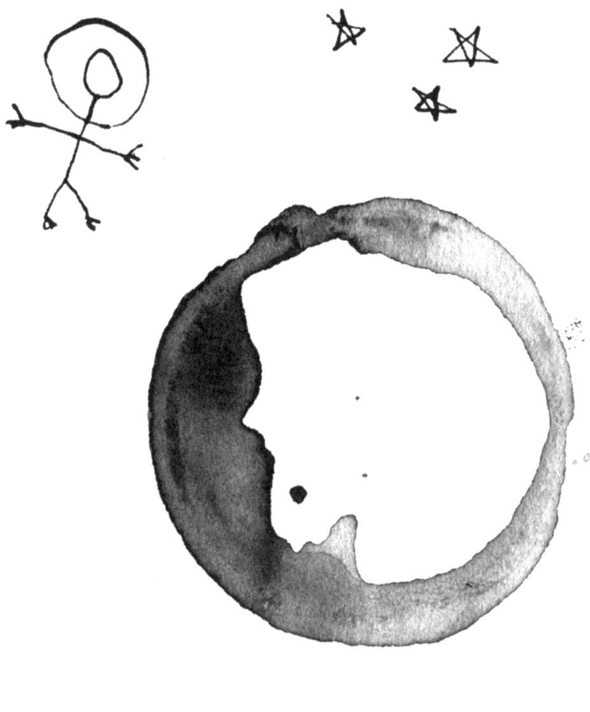

15.

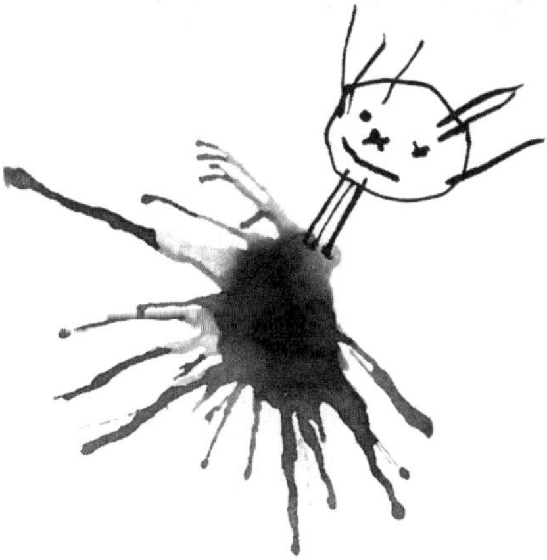

Das mit Hörner ist keine schlechte Sache, weil ich, seit das mit Rino passiert ist, keinen besten Freund mehr habe. Hörner wohnt zwar nicht so nah wie Rino, aber ich bin ja kein Grundschüler mehr und verlaufe mich auch nicht mehr. Jedenfalls habe ich Hörner gefragt, ob wir uns treffen wollen, und er hat »Okay« gesagt. Er sitzt in Bio hinter mir, da kann man gut miteinander reden, weil unser Bioraum Stufen hat und die Sitzreihen nach hinten ansteigen. Wir sitzen da wie im Theater, auch wenn die Aufführungen in Bio nicht gerade gut sind.

Theater kenne ich, weil wir mit der Schule zu Aufführungen gehen, wenn die Bücher spielen, die wir im Unterricht durchnehmen. Wir haben z. B. *Krabat** gesehen, was echt klasse war. In dem Stück spielt ein Schauspieler, der nur ein Auge hat, da ihm der Rabe das andere ausgehackt hatte. Das war aber kein echter Rabe, sondern nur eine Handpuppe, die der Schauspieler auch noch selbst auf der Hand hatte. Der Schauspieler hat uns das genau beschrieben und geschworen, dass es der Rabe war, der sich das Auge geholt hatte! Er hatte nur kurz mal weggesehen, dann wieder zum Raben und schwupps, hatte der ihm seinen spitzen Schnabel ins Auge gerammt. Er ist jetzt auf diesem Auge blind, weil ein Loch im Auge ist, wo ständig Wasser raustropft.

Die Voll hat behauptet, dass man Schauspielern nicht alles glauben darf und das mit dem Auge auch nicht bei Otfried Preußler stehen würde. (»Wenn ihr das Buch richtig gelesen hättet, dann hättet ihr das auch selber gemerkt!«) Aber die hat keine Ahnung, weil der Schauspieler hatte eine echte Augenklappe auf und so ist die Geschichte doch noch viel spannender!

Egal. Hörner jedenfalls hat sich in Bio nach vorne gelehnt und mit mir geflüstert und ich habe das Heft vors Gesicht gehalten und geantwortet. Der Biolehrer hat nichts geschnallt, weil es im Bioraum unmöglich ist, uns zu erwischen, da man nicht die Köpfe drehen muss, wenn man quatscht.

Ich mag Bio eigentlich, habe aber keine guten Noten. Ich dachte, man lernt was über Tiere, aber jetzt quatschen wir schon im zweiten Jahr von Pflanzen. Aber nicht so wie mit Oma! Ich wette, dass unser Biolehrer außer Rosen und so einem Quark keine Pflanzen erkennt, geschweige denn, dass er wüsste, welche Pflanze giftig ist und welche nicht. Der hätte bestimmt Angst vor einem

Champignon, wenn der nicht gerade auf seinem Teller liegt! Uns zwingt er aber, Bilder von Blütenkelchen oder Fruchtkapseln zu zeichnen und Stempel und Pollen und anderes Zeugs, das man nicht vergessen darf, sonst gibt es Punktabzug. Seit zwei Jahren sind Bienen die einzigen Tiere, die im Unterricht vorkommen, weil die immerzu Blüten bestäuben und darum wichtig sind. Zum Ende des Schuljahres, das hat der Lehrer versprochen, reden wir auch mal über Tiere. Doch was für ein Tier werden wir drannehmen? Bienen! Das ist doch genau das Gleiche, nur von der anderen Seite her.

Die verarschen uns und merken es nicht mal.

Ich will wissen, wie Löwen oder Tiger leben, und vor allem will ich wissen, wer stärker ist oder ob das weh tut, wenn man vom Puma gebissen wird! Ich lerne aber nur, wie Photosynthese funktioniert, und das ist bestimmt wichtig, aber total langweilig, weil man die nicht sehen kann und niemand dabei stirbt!

Ein paar in meiner Klasse haben Haustiere. Ich dachte, sie dürfen die mitbringen. Der Lehrer hat nur blöd gelacht, als wir ihm das vorgeschlagen hatten. Dabei sind das tolle Tiere. Luise hat sogar ein Pferd, und das wäre doch mal toll, weil ich noch nie ein Pferd gestreichelt habe. Und Flöhe! Wir haben ein Mal im Jahr Flöhe, mindestens! Da will man doch wissen, wozu es Flöhe gibt, warum Menschen überhaupt Flöhe kriegen und warum sie sich aufregen, wenn das passiert. Es wird doch nicht

Tiere ohne Grund geben, oder? Aber darüber lernt man nichts in Bio. Echt!

Nur Carolin hat mal eine Kakerlake mitgebracht, aber das war keine Absicht, hat sie gesagt. Ihre Eltern haben ein Restaurant und »da bleibt so was nicht aus«, hat sie gesagt. Unsere Franzlehrerin, die alte mit dem Krebs, die hat geschrien und ist dann mit beiden Füßen auf der Kakerlake herumgesprungen, bis sie nur noch Matsche war. Wir haben in Franz länger über Tiere geredet als in Bio! Ich schwör's.

Oder wir gehen ab-so-lut nie in den Zoo. Weil das zu lange dauert, hin- und wieder zurückzufahren, und wir immer nur zwei Biostunden in der Woche haben! Wenn der Biolehrer auch unser Klassenlehrer wäre, könnten wir am Wandertag in den Zoo. Dann würde ich auch mal eine gute Note in Bio kriegen.

Ich habe ein Tierbuch zuhause mit über 300 Tieren drin und ich kann alle auswendig. Das ist ein Buch, das ich gerne angucke, drum bin ich auch gut in Tieren, aber nicht in Bio.

Oder: Warum ist Sam blond und wir alle schwarzbraun? Sam ist wie Mama, doch obwohl Mama vier Kinder hat, sieht nur eins wie ihr richtiges Kind aus. Der Rest hat Pech gehabt. Darüber würde ich gerne mal in Bio reden. Aber wir reden über Erbsen, weil es sonst zu spannend würde …

16.

Heute Nachmittag wollen Hörner und ich in die Spielzeugabteilung von Hertie gehen, weil die ziemlich groß ist.

So ein Mist. Ich warte vorm Haus und Hörner kommt zu spät.

Ich warte immer noch.

Es stinkt wieder. Sie haben in der Fabrik die Kessel geöffnet. Unten an der Hauptstraße ist die Brauerei, und wenn das Bier fertig ist, werden die Kessel geöffnet und dann stinkt es. Rino hatte das immer gefreut. »Auf«, hatte er geschrien, »tief einatmen! Bis es nicht mehr stinkt.«

Rino hat aus allem einen Witz machen können. Am Fluss schwammen weiße und schwarze Schaumkronen vorbei und er brüllte: »Waschtag!« Auf der Straße brannte ein Auto, Rino rollte ein Schulheft zusammen und rief: »Haschisch, frisches Haschisch!« Joe hatte ein Veilchen, alle tuschelten und Rino fragte: »Wann ist der Rückkampf, Champ? Gibt es noch Karten?« Sogar Joe konnte dann lachen!

Er hat noch was erledigen müssen, sagt Hörner, als wäre er sein Mercedes-Vater, der die ganze Zeit mit dem Auto unterwegs ist und der auch immer zu spät ist, behauptet Hörner, wegen der Staus überall. Dabei ist Hörner zu Fuß, er hat nicht mal ein Fahrrad.

Wir gehen direkt weiter. Eigentlich wollte ich ihm mein Legoflugzeug zeigen, das ich gebaut habe. Aber dafür ist jetzt keine Zeit mehr, weil ich um fünf zuhause sein muss. Unten an der Ecke gehen wir in die Bäckerei und Hörner spendiert zwei Mohrenkopfbrötchen. Ich besitze 40 Pfennige,* aber ich will nicht alles Geld auf einen Schlag ausgeben, ich spare für später. Hörner hat einen richtigen Geldbeutel mit richtigem Geld drin, nicht mit Zeitungsstreifen wie in meinem, den ich nur benutze, wenn ich mit meiner Schwester *Millionärs* spiele und Rolls Royce und Swimming Pool kaufen muss.

Hörner und ich sind bei Rot über die Straße, und Autos haben wild gehupt, obwohl es überhaupt nicht knapp war. Ein paar Meter weiter steht ein Polizist, der sich nach uns umdreht, und wir rennen los, damit er uns nicht erwischen kann. Jemand ruft: »Aufpassen!« Das ist toll. Es fühlt sich an wie in einem echten Krimi. Wir lachen und laufen Zickzack. Hörner zieht eine Waffe und schießt. Ich ducke mich und hinter mir zerbricht ein Schaufensterglas. Jetzt drehen sich schon mehr Leute nach uns um, sie schütteln die Köpfe, und wir beschließen, die zu töten, weil wir keine Zeugen gebrauchen können. Hörner schleicht sich von hinten an eine Frau heran, hält ihr den Finger an den Kopf und macht BUMM. Sie erschrickt, und ich kann gar nicht aufhören, zu lachen, obwohl ich schnell weiterlaufen muss, weil ein Mann der Frau zu Hilfe eilt.

Vorm Hertie steht ein Drehorgelmann mit einem echten Affen und wir gucken uns den genau an, den Affen. Der Besitzer sagt, dass der sehr gefährlich sei, wir sollen ihn bloß nicht streicheln, »da ist schnell mal ein Finger ab und ich will dann nicht zahlen müssen!«. Aber der Affe interessiert sich für nichts und niemanden. Er sitzt nur auf der Drehorgel und dreht uns seinen haarigen Rücken zu, als wären wir Luft.

»Nimmt der Kaugummis?«, will Hörner wissen und der Mann beginnt zu schimpfen: »Wenn mir der Affe verreckt, dann zahlt dein Vater! Also lass den Scheiß!«

Aber so darf man Hörner nicht kommen. »Mein Vater hat genug Geld.« Ich nicke, weil ich das ja oft genug gehört habe.

»Was kostet denn so ein Affe?«

»Viel Geld!«

»Ach was, ich dachte, der kostet einen Sack Bananen.«

»Wo kauft man denn einen Affen?«, will ich wissen, aber der Mann hat keine Lust, mit uns zu reden, und schweigt. Seine Musik ist auch langweilig, irgendwas zum Schunkeln und mit Berliner LuftLuftLuft.

»Haben Sie auch was Fetziges, was Modernes? Kennen sie die *Beatles*?«

Jetzt dreht er uns den Rücken zu wie sein Affe, und Hörner und ich lachen, weil die beiden sich so ähnlich sind.

»Wenn ihr jetzt nicht gleich verschwindet, dann hetze ich den Affen auf euch!«

»Dann gibt's ein paar auf die Backen von meinem Vater!«, meint Hörner, und mittlerweile fange ich auch an, seinen Vater klasse zu finden. Ein Vater, der sich für seinen Sohn prügelt, ist doch einfach klasse, nicht?

Hörner legt Geld in die Schale und sagt: »Hier. Für einen zweiten Affen, aber nicht versaufen!« Dann sind wir ganz schnell in den Hertie rein, weil die zwei haben plötzlich zu uns geguckt, gleichzeitig, und das sieht wirklich unheimlich aus!

In der Parfumabteilung sprühen wir uns mit Deos ein und gehen weiter zum Spielzeug ins vierte OG. Auf der Rolltreppe bemerke ich, dass ich die falsche Deodose benutzt habe:

»Ich stinke, Hörner.«

»Zum Glück ist der Tadic nicht hier.«

»Ich stinke wirklich.«

»Das verfliegt mit der Zeit.«

»Und wenn nicht?«

»Dann müssen wir wieder bei den Deos vorbei und ein anderes aufsprühen, dann riecht man das alte nicht mehr.« Der Hörner ist schlau.

»Und wenn das auch stinkt?«

»Dann eben noch ein anderes und noch eins, bis du endlich gut riechst!«

Hörner hat klasse Ideen.

In der Spielzeugabteilung steht ein ganzes Regal nur mit Legosachen. Legoautos sind natürlich auch darunter, und so ein Auto wünsche ich mir schon lange. Ich habe nämlich keins. Deswegen fehlen mir auch immer die Räder, wenn ich spiele. Ich habe schon Matchboxautos mit Tesafilm unter meine Legoautos geklebt, aber das wollen meine Brüder nicht, weil das ihre Autos sind. Vor allem Sam ist da empfindlich, weil er nicht mit meinem Lego spielen darf, da ich zu wenige Steine habe. Ist wirklich so, aber er kapiert das nicht und denkt, ich sei gemein. Aber mir macht das auch keinen Spaß! Das sieht nämlich scheiße aus, so ein Matchboxauto unter meinem Legoauto. Drum wünsche ich mir ein Auto von Lego.

Hörner zeigt mir einen Laster mit drei Achsen. So ein Dreiachser fährt auch mit zwei Achsen, wenn ich also zwei Lastwagen hätte, hätte ich auch zwei Achsen übrig und könnte super spielen.

Ein Verkäufer fragt, ob er helfen kann, und Hörner antwortet ganz lässig: »Nö.«

»Aber nicht alles anfassen!«, sagt der Verkäufer und geht. Jetzt können wir nicht mehr nachlesen, was in den Packungen drinnen ist, weil das hinten draufsteht und wir sie ja nicht mehr anfassen dürfen. Also stehen wir vor dem Regal und schauen uns die Vorderseiten der Packungen an, was langweilig ist, aber auch witzig.

»Was da wohl drin ist?«, frage ich und Hörner antwortet: »Weiß nicht, darf nicht nachsehen.« Das ist super komisch, vor allem wenn man laut spricht und die anderen herschauen.

»Was das wohl kostet?«

»Weiß nicht, darf nichts anfassen.«

»Das würde ich gerne kaufen.« Ich kriege das kaum raus, so sehr muss ich lachen: »Geht aber nicht. Ist alles verboten!«

Plötzlich steht der Verkäufer hinter uns: »Wenn ihr Fragen habt, dann fragt!«

»Was ist da drinnen?«

»Das, was ihr vorne auf dem Bild seht.«

»Oh toll, dann ist ja auch die Straße drin und die Landschaft?«

»Nein, nur das Auto.«

»Aber Sie haben doch gesagt, da ist alles drin, was vorne drauf ist.«

»Nein, nur was aus Lego ist, ist auch drinnen. Nur das Auto!«

»Das ist ein LKW.«

»Auch LKWs sind Autos.«

»Was kostet der?«

»Warte mal, da muss ich nachschauen.«

»Ach, Sie dürfen anfassen.«

»Jetzt reicht's aber! Wenn ihr frech werdet, müsst ihr gehen!«

»Wir fragen doch nur.«

»Eure Lehrer tun mir leid.«

»Uns auch.«

Jetzt lacht er, aber nur so, ohne nachzudenken, und ich trau mich nichts mehr zu sagen, weil Erwachsene gefährlich sind, wenn sie so lachen, aber Hörner ist das egal.

»Was ist jetzt mit dem Preis? Ich habe nicht ewig Zeit«, sagt er.

»Ah, die Geschäfte rufen?«, versucht der Verkäufer auch einen Witz zu machen, aber Hörner ist einfach besser: »Das geht Sie nichts an!«

Jetzt hat der Verkäufer die Nase voll. Er reißt seinen Arm hoch, streckt einen Zeigefinger weit von sich weg und brüllt: »Jetzt reicht es wirklich! Ihr verlasst augenblicklich mein Kaufhaus.«

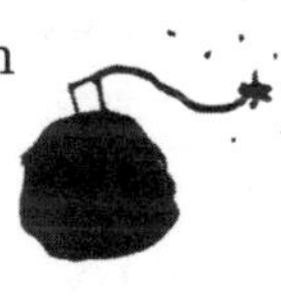

»Da geht es aber gar nicht zum Ausgang!«, rutscht mir raus. Das war aber nicht als Witz gedacht, auch wenn Hörner lacht.

»Ist das wirklich *Ihr* Kaufhaus?«, fragt er mit voller Absicht. Der Verkäufer ist gefährlich sauer, das sieht man sofort. Er macht fiese Geräusche, und als er auf uns zugeht, verduften wir.

Auf dem Heimweg spendiere ich eine Kugel Eis und Hörner noch eine drauf, weil er Taschengeld kriegt, während wir uns unser Geld verdienen müssen. Der ist schon toll, der Vater von Hörner, gibt sein Geld einfach so her, ohne Grund. Wir müssen gute Noten haben oder Zeitungen austragen, dann müssen wir was abgeben, weil wir ja nicht mit Geld umgehen können, und Hörner kriegt Geld zum Üben, damit er Geldausgeben lernt. Toll.

187

Das Tollste an einem tollen Tag ist, dass man am nächsten Tag davon erzählen kann. Die ganze Zeit schon erzählen wir von dem Affen und der Alten mit dem Kopfschuss und dem Verkäufer. Alle wollen das hören, sogar Oliver lacht, obwohl der sonst immer »Das kenn ich schon!« sagt, weil er älter ist und alles schon gesehen hat. Seit Rino weg ist, habe ich nicht mehr so einen schönen Schultag gehabt.

Aber das Allerbeste ist, dass wir uns verabredet haben, gemeinsam einen Stadtbummel zu machen, und die halbe Klasse will mit. Vielleicht kommt sogar Oliver mit, und dann sind wir unschlagbar, weil der so groß ist, eine Brille hat und erwachsen aussieht. Da wird der Verkäufer staunen, wenn wir Oliver vorstellen und sagen: »Das ist unser Lehrer, der Ihnen so leidtut«, und Oliver wird dann antworten: »Was muss ich da hören? Sie kennen mich doch gar nicht!« Wir haben auf jeden Fall jetzt schon darüber gelacht. Bin gespannt, wie das wird …

Frau Voll sagt, dass Sätze ein Ende brauchen, ein Ausrufe- oder Fragezeichen oder einen Punkt, drei Punkte aber sind kein Ende. Da tut der Satz so, als ginge er weiter.

Da hat die Voll Recht!

Meine Sätze sind nämlich *Gedanken,* und ich bin noch viel zu jung, um alle Gedanken zu Ende zu denken. Ich weiß, dass ich ganz schön viele Sachen in einen Satz packe, aber so ist mein Kopf und deswegen passt das Ding auch oft ans Ende meiner Sätze, dieses »…« (Dreipunktzeichen). Frau Voll will aber mehr Struktur, und meine Schwester hat mir erklärt, dass Frau Voll *mehr Einfachheit* meint.

Ich kann das nicht.

Wenn Frau Voll über die Straße geht, dann hört sie ihre Schritte. Ich aber höre die Schritte von all den anderen Menschen, die Autos, den Lärm der Baustellen, das Rumpeln meiner Gedanken im Kopf. Das Problem hat Frau Voll nicht. *Meine* Schritte höre ich nur, wenn ich mich total darauf konzentriere, aber dann überfährt mich garantiert ein Auto, weil ich nicht aufgepasst habe.

Ich werde leicht übersehen, auch das ist bei der Voll anders. Dabei finde ich es in Ordnung, dass sie immer anderer Meinung ist. Ich kann nur nicht leiden, dass sie immer Recht haben muss, vor allem wenn sie falsch liegt.

18. Bericht

Ach du Schande, da ist ein Haar neben meinem Pimmel! Nicht so eins von den hellen dünnen Härchen, die man fast überall hat, sondern ein dunkles, dickes Haar! Wenn das meine Klassenkameraden sehen, oh weia, in der Umkleide vor der Schwimmstunde, dort, wo man die Unterhosen runterzieht, weil man ja in die Badehose muss, dann bin ich dran! Hundert Prozent. Ich habe mitgelästert, als wir bei Henning Schamhaare entdeckten, also wird Henning sich an mir rächen!

So ein Haar kann man nicht verstecken. Wenn ich mich absichtlich wegdrehe, damit keiner etwas sieht, werden alle neugierig. Die spüren das.

Ich sitze in der Falle!

Am besten, ich schneide das Haar ab und hoffe, dass es nicht nachwächst. Und wenn noch eins kommt? Es werden bestimmt noch mehr kommen, das war bei Joe und meiner Schwester nicht anders. Wo eins ist, sind bald mehrere.

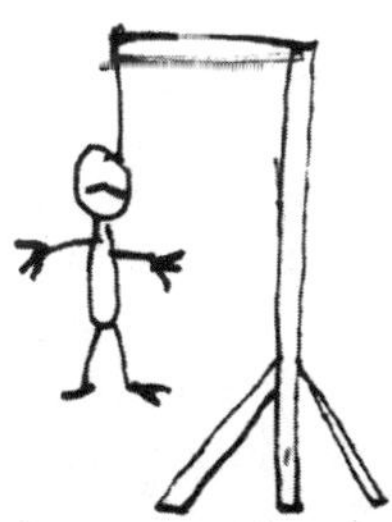

Ich will das aber nicht! Verdammt! Mein Leben ist schon kompliziert genug, da kann ich so was nicht brauchen.

Natürlich weiß ich, dass jeder irgendwann Haare am Sack kriegt! (»Außer Indianer!«, hat Joe gesagt. Aber die vertragen auch die Grippe nicht und keinen Alkohol.) Jedenfalls weiß ich, dass einem irgendwann Körperhaare wachsen. Die Haare braucht man aber erst, wenn man erwachsen ist und sich vor einer Frau auszieht und nichts hat, um seinen Pimmel zu verstecken. Dann sind Haare praktisch, aber jetzt, wo ich noch kein Erwachsener bin und mich garantiert nicht vor einer Frau ausziehen werde, lachen mich nur die Kumpels aus.

Ich bin erst zwölf und habe schon ein Haar in der Hose. Ich fühle mich wie ein Weihnachtsmann im Sommer. Das ist lächerlich!

Ich bin lächerlich.

Die Klassenkameraden werden mich durch den Kakao ziehen. »Hey, du hast 'nen Fussel im Schritt! Tarzan, dir wächst 'ne Liane. Auch Elefanten haben klein angefangen. Hallo, Hampelmann! Das Haar ist länger als dein Pimmel.« Die Sprüche kenne ich schon, ich würde mitlästern, wenn es nicht mein Haar wäre. Sicher erzählen

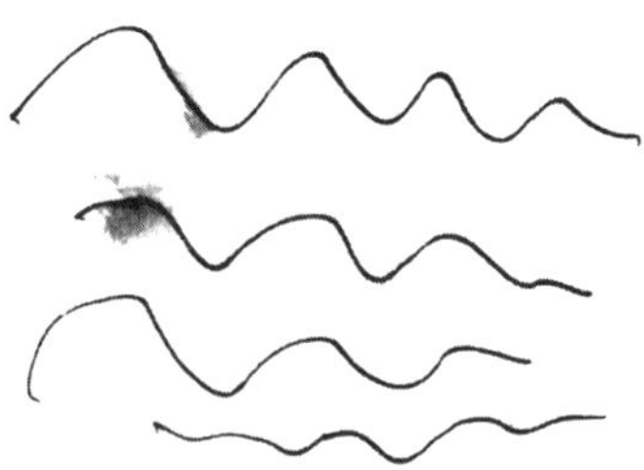

sie das den Mädchen in der Klasse weiter und dann bin ich erledigt.

Ich schwänze Schwimmen!

So ein Mist, wo ich doch so gut tauchen kann.

Der mit der Liane ist sehr witzig! Den muss ich mir merken.

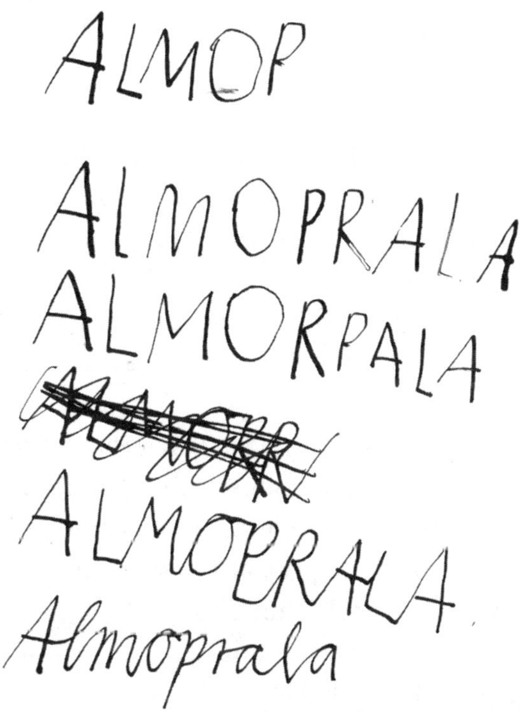

19.

Sam hat mein Legoflugzeug zerstört. Er hat damit gespielt, obwohl das verboten ist, und nicht aufgepasst, was genauso verboten ist.

Jetzt bin ich sauer.

Ich hatte mich richtig angestrengt, vor allem mit den Flügeln. Für die habe ich lauter kleine Steine benutzt, und außerdem habe ich es geschafft, dass der linke Flügel wie der rechte aussieht, was wirklich schwer ist, weil ich nicht so viele Steine habe. Das ist nämlich die Kunst: zwei gleiche Flügel zu bauen ohne große und ohne flache Steine!

Mein Flieger war so toll, dass Sam trotz Verbot mit ihm gespielt hat. Das Schlimmste aber ist, dass er ihn repariert hat, nachdem er in einer Linkskurve den Pfosten unseres Doppelbetts gestreift hatte! Jetzt muss ich den ganzen Flieger noch einmal bauen! Ich kann aber nicht gut nachmachen. Ich kann nur gut neu machen! Ich bin ein Erfinder und kein Wiederholer.

Ich ärgere mich über Sam, weil ich den Flieger vielleicht hätte reparieren können, wenn er ihn einfach so gelassen hätte, wie er nach dem Unfall war. Aber jetzt sieht der so bescheuert aus, dass ich wieder ganz von vorne anfangen muss.

Sam ist auch sauer, weil ich ihm gesagt habe, dass sein reparierter Flieger hässlich ist. »Scheiße«, habe ich gesagt, was aber verboten ist. Er hat geantwortet, dass der doch genauso aussieht wie meiner. »Genauso scheiße wie zuvor«, hat er gesagt, worüber ich froh bin, weil er damit auch etwas Verbotenes gesagt hat.

Nun sind wir beide sauer, obwohl nur ich einen richtigen Grund habe!

Mama mischt sich ein und lässt mal wieder ihre Sprüche los. Nicht mal Sam will das hören! »Vertragt euch wieder«, sagt sie, und ich muss stöhnen, weil wir doch nicht böse aufeinander sind, sondern sauer. Man kann sich doch nicht jedes Mal wieder extra vertragen, wenn man sauer ist! Dann wäre ich den ganzen Tag mit Entschuldigungen beschäftigt. Wie stellt sie sich das vor? Außerdem gilt das mal wieder nicht für sie! Zum Beispiel kann sie die Köhler nicht leiden, auch wenn sie immer höflich tut, wenn sie ihr begegnet. Und mit Vater ist sie auch im Dauerstreit, nie hört man da eine Entschuldigung. Ich verstehe Mama gut. Ich will mich auch nie bei ihm entschuldigen, aber dann darf sie das nicht von uns fordern, finde ich.

Jetzt will sie auch noch, dass ich ihr etwas aus der Apotheke besorge. Ich muss gehen, weil ich gerade mit Sam gestritten habe und sie uns deswegen trennen will. Eigentlich ist meine Schwester mit Besorgungen dran, aber sie ist gerade nicht sauer auf irgendjemanden. Sam wäre auch alt genug, um Besorgungen zu erledigen. Aber weil er der Jüngste ist, muss er nicht mal gehen, wenn er schuld ist! Sam muss sich immer nur schämen. »Sag mal, schämst du dich nicht?«, sagt Mama zu ihm und Sam sagt: »Nein, tu ich nicht!« Das ist ungerecht.

Sam ist auch in hundert Jahren noch immer der Jüngste von uns Kindern, der wird nie helfen müssen. Wenn Mama mal alt und gebrechlich ist und nicht mehr die Treppen runterkommt, wird sie wieder nur mich rufen! Das ist so ungerecht! Aber das will sie nicht hören. Ich kann sagen, was ich will, ich muss trotzdem zur Apotheke. Ich bin echt sauer.

»Lass die Finger von meinem Lego!«

Mama ist sauer und schnauzt mich an.

»Jetzt mach mal halblang! Ihr seid vier Kinder, ihr seid Geschwister! Wenn *ihr* nicht miteinander teilen könnt, wer dann? Ich habe keinen Geldscheißer, ich kann nicht jedes Spielzeug vier Mal kaufen, damit ihr euch nicht streitet. Meine Schwester und ich haben früher nichts gehabt und mussten alles teilen und haben trotzdem nie gestritten! Wir mussten teilen und das war sogar schön!«

So redet die immer … Obwohl wir wissen, dass Mama mit ihrer Schwester auch immer streitet.

Sam ist sauer und sagt: »Du darfst nicht mehr mit meinen Autos spielen!«

Mama wird immer wütender: »Da schau, jetzt fängt auch dein kleiner Bruder damit an. Du bist alt genug. Du müsstest eigentlich Verantwortung übernehmen und Vorbild sein! Doch was kommt dabei heraus? Jetzt will auch er nicht mehr teilen. Na danke!«

Ich bin froh, endlich rauszudürfen!

»Verliere das Rezept nicht!!«, brüllt Mama ins Treppenhaus. Sie ist wirklich sauer! Normalerweise schämt sie sich immer für uns, wenn wir im Treppenhaus laut sind. Gerade brüllt sie selber!

Die Köhler macht die Tür auf und ruft: »Muss es denn immer so laut sein bei Ihnen?« Und Mama zurück: »Kümmern Sie sich um Ihr eigenes Leben!« Die Köhler kreischt: »Das würde ich ja gerne, aber Sie sind nicht zu überhören!«

Mama schmeißt die Tür zu, weil ihr keine gute Antwort einfällt.

Meine Schwester kann das besser! Sie hat die Köhler gefragt, warum sie keine Kinder hat, nachdem die Köhler sich mal wieder über unsere schlechte Erziehung beschwert hatte. Da ist die rot geworden und hat geantwortet: »Weil ich Kinder nicht leiden mag!« Meine Schwester hat ganz ruhig geantwortet: »Ihre Kinder hätte bestimmt niemand leiden können!« Darauf hat Mama Pudding für alle gemacht.

In der Apotheke steht ein rothaariges Mädchen mit blauer Hose. Die Sonne scheint auf Haare und Hose. Wo die Haare aufhören, beginnt die Hose und das ist schön aufregend. Nein, schön und aufregend.

Ach, das ist Quatsch. Das klingt ja ganz bescheuert, ich meine das ganz anders! Wenn ich Aufsätze über mein schönstes Weihnachten schreiben könnte, dann würde ich das hier besser formulieren. Aber weil ich das nicht kann, ist das so schwer. Ich fühle mich überhaupt nicht gut. Wenn ich besser schreiben könnte, wäre mir wohler!

Ich will nur auf diese Hose schauen. So was wollte ich noch nie. Als mich die Apothekerin nach meinem Rezept fragt, muss sie die Frage wiederholen, obwohl ich sie schon beim ersten Mal verstanden habe. Ich will nicht reden. Ich will nur gucken. Ehrlich gesagt, ist das gerade wie im Traum, weil alles ganz toll und ganz schrecklich in einem ist.

Die Apothekerin redet jetzt sehr laut mit mir, weil sie mich für einen blöden Ausländer hält, und das ist schlimm, weil das Mädchen noch neben mir steht und nun bestimmt auch denkt: »Ach, noch so ein blöder Ausländer!« Aber ich sehe nur aus wie ein Ausländer. Ich kann zwar gerade nicht reden, aber sonst schon! Ist so, weiß auch nicht, warum. Ich kriege das voll mit und kann's trotzdem nicht ändern. Alptraum!!

Wir gehen zusammen raus und ich halte ihr die Tür auf. Sie sagt: »Danke«, als wäre das nichts und geht in meine Richtung. Ich hinterher, Hose gucken. An der Kreuzung biegt sie ab, wo ich geradeaus muss. Also bleibe ich stehen, sehe ihr hinterdrein und sie geht immer weiter, dreht sich nicht um, und dann irgendwann dreht sie sich vielleicht sogar um, aber das kann ich nicht mehr erkennen, weil sie schon so weit weg ist.

Das war wirklich eine tolle Hose!

Mama nimmt mir das Apothekertütchen ab und sagt: »Vertragt euch!« Ich nehme das Krüppelflugzeug, gebe es Sam und sage: »Kannst damit spielen.« Sam sagt nichts und ich lege mich auf mein Bett und zähle die Latten am Rost von Joes Bett.

Sam düst durchs Zimmer und fliegt knapp über meinem Bauch in Richtung Nase, und ich tu ihm den Gefallen und reiße meinen Mund weit auf, bis ein Vulkankrater klafft, der Flugzeuge vom Himmel spuckt. »Aaah!«, kreischt er und fliegt rasch weiter. Mama kommt ins Zimmer geschossen, schreit: »Müsst ihr euch schon wieder streiten? Könnt ihr nicht ein Mal …«, was sie halt so sagt, wenn sie ihre Sprüche ablässt. Ich drehe mich um und sehe auf die Tapete, genau dorthin, wo ich mit Kuli geschrieben habe, »If you think, fuck* is funny, fuck yourself and save the money«, was aber noch niemand entdeckt hat, weil wir unsere Betten selber beziehen müssen.

Hinter meinem Rücken versucht Sam, Mama klarzumachen, dass wir nur gespielt haben. Sie ist aber viel zu aufgeregt, um ihm zu glauben, wie auch ich immer, wenn ich mich streite, nie richtig zuhöre und Blödsinn rede.

Aber nicht heute.

Nicht jetzt.

Mama schreit und mir ist das total egal.

»War das so, wie Sam sagt?«, brüllt sie mich an.

»Glaub doch, was du willst«, antworte ich.

Jetzt ist sie endlich still. Sie geht und meine Schwester sagt: »Du Idiot.«

Ich stehe auf, gehe auch raus, ich will spazieren. Vielleicht sehe ich etwas Interessantes.

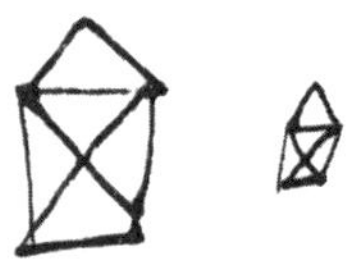

»Deine Mutter weint!«

Vater ist sich sicher, dass sie wegen mir weint. Joe gibt Zeichen, die ich nicht verstehe. Ich nicke.

»Warum weint sie?«

»Weiß nicht«, sage ich viel zu leise. Laut wäre besser gewesen, weil laut nicht so vorsichtig und ängstlich klingt. Angst ist nie gut, weil wer Angst hat, auch schuldig ist.

»Du weißt wirklich nicht, warum sie weint?«

»Nein.«

»Soll ich nachhelfen? Vielleicht fällt es dir dann ein?«

Besser nicht, aber das behalte ich für mich.

»Will der Herr nicht reden?«

»Doch.«

»Dann frage ich dich noch einmal: Warum weint deine Mutter?«

Mama kommt dazu und das ist immer schlecht. Sie will etwas sagen. Joe würde sie jetzt am liebsten wieder wegziehen, das spüre ich.

Sie sagt zu Vater: »Jetzt lass ihn bitte …«, und dann falle ich um.

Ich habe keine Angst mehr. Ist schon komisch, dass man nur vor dem ersten Schlag Angst hat. Der Rest ist wie immer, ist wie das Ausatmen nach dem Einatmen, das Nasswerden im Regen. Ist normal und hört wieder auf.

Die Backe tut weh und mein Ohr hört sich komisch an, als hätte jemand Watte reingestopft. Er haut noch ein paar Mal zu. Mohammed Ali hat mal mit einem gebrochenen Kiefer weitergeboxt und trotzdem gewonnen. Ich will wenigstens nicht weinen.

Er schreit mich an, will eine Entschuldigung. Ich sehe

Mama an und sage: »Entschuldigung.« Ich stehe auf, er stößt mir seine Faust in den Rücken und ich gebe ihr die Hand. Sie versucht, mich zu umarmen, aber ich lasse die Hand ausgestreckt.

Joe hat Recht. Sie ist unser Problem.

Meine Schwester hat Recht. Ich bin ein Idiot.

Vater hat Recht. Egal warum, Hauptsache, er hat Recht und schlägt nicht weiter zu.

Sam umarmt jetzt Mama. Er glaubt, dass er stärker ist als sie. Er weiß aber noch nicht, wozu das gut sein soll.

Vater sagt: »Geh! Ich will dich nicht mehr sehen!« Ich nehme allen Mut zusammen und gehe zur Wohnungstür. Wenn ich jetzt rauskomme, werde ich nie wieder zurückkehren! Doch da reißt er mich von hinten um und schreit: »Verschwinde in dein Zimmer, bevor ich dich noch mal rannehme!«

Ich stehe wieder auf und gehe in unser Zimmer.

Joe kommt mit. Wäre er stehen geblieben, wäre er der Nächste gewesen. Ist so eine Regel.

»Morgen fällt Schule aus«, sagt Mama. Meine Schwester wird die schriftliche Entschuldigung mitnehmen und meinem Klassenlehrer geben.

Joe weigert sich.

Er sagt, weil Mama Vater liebt und wir Mama, wird das nie aufhören. Er will sie nicht mehr lieben. Er will warten, bis Sam 18 ist. Er will einen Hammer nehmen und Vater auf den Kopf schlagen.

Ich will nur eins, ich will einen Brief schreiben:

Dear Mister Ali,
would you please come and fight with my father?
Your greatest fan in Germany
Maghdi

Aber ich habe seine Adresse nicht. Vielleicht reicht ja »Mohammed Ali, USA«, wie beim Weihnachtsmann »Nordpol« reicht. Sam glaubt an den Weihnachtsmann und ich an Mohammed Ali, weil ich älter bin. Aber Ali spricht kein Deutsch und mein Englisch reicht nur für diese Worte. Ich kann ihm nicht sagen, warum er meinen Vater boxen soll. Auf Englisch kann ich das nicht und Ali kann bestimmt kein Deutsch.

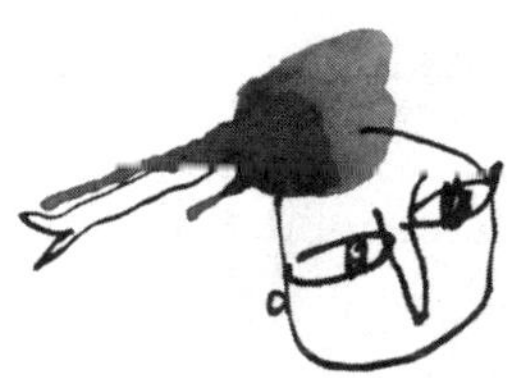

20. Bericht

Als Rino noch da war, schwänzte er einfach mit, wenn ich mal nicht in die Schule konnte. Mama hatte sich zwar immer gewundert, dass auch Rino nicht in die Schule ging, wenn ich nicht hin bin, aber er konnte so unschuldig grinsen, wenn es eng wurde, und behauptete dann, ohne mit der Wimper zu zucken: »Meine Mama weiß Bescheid und das muss doch reichen!« So was glaubt nur meine Mutter und deswegen hatte das auch hingehauen bis zu der Klassenkonferenz im letzten Jahr. Seither muss ich alleine schwänzen. Ich muss aber keine Klassenkonferenzen fürchten, weil meine Mutter ja wirklich Bescheid weiß und Entschuldigungen schreibt, obwohl ich eigentlich schwänze.

Mama geht einkaufen und fragt, ob sie mir was mitbringen soll. Ich würde lieber mitkommen, aber sie meint: »So kannst du nicht unter die Leute.« Ich will nicht in den Spiegel gucken und muss ihr das glauben.

Es ist ein komisches Gefühl, wenn man ganz allein zuhause ist, während alle anderen in der Schule sind. Die Wohnung sieht zwar aus wie immer, aber irgendwie auch anders. Joe hat mal gesagt, »die Möbel knacken«, als er uns eine Gruselgeschichte erzählt hatte. Ungefähr genau so ist das jetzt auch.

Kann man »ungefähr genau so« sagen? Klingt witzig.

Die Dinge beginnen irgendwie zu quatschen. Natürlich erzählt der Teppich in der Diele nicht, dass ich gestern auf ihm verprügelt wurde. Man hat aber das Gefühl, als könnte das gleich passieren.

Ich setze mich in Vaters Fernsehsessel, den man vorne hochklappen kann wie beim Zahnarzt. Neben dem Sessel liegt der *Spiegel*, der kein Spiegel ist, sondern eine Zeitschrift, die so heißt. Ein alter Mann ist auf der Vorderseite, bestimmt ist der berühmt. Ich blättere herum, versuche zu lesen und verstehe kein Wort, weil da nur Namen und Abkürzungen stehen, die ich nicht kenne. Dann entdecke ich ein Bild von Willy Brandt. Den kenne ich. Letztes Jahr oder so war eine Wahl und er hatte gewonnen. Damals waren Fotos von ihm an Straßen und Litfaßsäulen, einfach überall. Aber auch diesen Artikel über Willy Brandt kapiere ich nicht, weil ich nicht weiß, was ein Warschauer Pakt* ist oder Kennedy.* Ich würde lieber eine *Micky Maus* lesen oder noch besser: ein *Asterix*-Heft, aber wir haben keins, weil die Hefte teuer sind und in Comics »schlechtes Deutsch« ist.

Sagt rate-mal-wer.

Ich weiß nicht, wohin ich jetzt gehen soll. Ich stehe auf und starre auf den Wohnzimmerschrank. Da ist auch unser Schallplattenspieler drin! Also lege ich eine Platte auf. Es knistert und dann sagt ein Mann: »Oh, ist mir schlecht«, und Publikum lacht, worauf er weiterspricht: »Ich hätte den Wurschtsalat nicht essen sollen.« Das sagt er so, als müsste er gleich kotzen. Die Leute im Publikum kreischen, manche klatschen, und ich kapiere nicht so recht, warum. Vielleicht lachen sie ja nicht über das, was der Mann gesagt hat? Jedenfalls finde ich das Wort *Wurstsalat* nicht komisch. Ob er wohl ein komisches Gesicht oder irgendwas anderes gemacht hat, was man nur sehen und nicht hören kann? Vielleicht finden sie aber auch nur komisch, wie er alles ausspricht, so übertrieben, als würde er es selber nicht glauben. Den Trick muss ich in der Schule ausprobieren.

Mama kommt nachhause und ich übe schon mal: »Oh, ist mir schlecht.«

Sie starrt mich erschrocken an.

»Ich hätte den Wurschtsalat nicht essen sollen.«

»Aber du hast doch gar keinen Wurstsalat gegessen.«

Ich versuche es einfach noch mal: »Ich hätte den Wurschtsalat nicht essen dürfen!« Immerhin lachen Leute im Wohnzimmer, weil ich die Platte nicht ausgemacht habe.

Mama hat das jetzt auch gehört, stellt die Einkaufstüte

ab und hängt ihren Mantel auf: »Hast du mich erschreckt! Ich hab schon gedacht, dass dir wirklich schlecht ist.«

Wahrscheinlich hätte ich beim ersten Mal mehr übertreiben müssen.

»Komm, geh in dein Zimmer. Ich muss aufräumen. Ich bring dir gleich einen Tee.«

Ich bin nicht krank. Aber Mama fühlt sich besser, wenn sie mir einen Tee machen und Krankenschwester spielen darf.

Warum ist dem Mann schlecht geworden, als er den Wurstsalat gegessen hat? Vielleicht war ihm nur langweilig? Langeweile ist ein schlechtes Gefühl im Bauch. Mir ist manchmal schlecht vor Langeweile. Aber warum redet er dann vom Wurstsalat? Will er sich selber ablenken, weil ihm eigentlich langweilig ist? Ich sollte das auch versuchen, aber ich will nicht mit Lego spielen. Ich will auch nicht lesen. Ich habe schulfrei, da wäre es doch idiotisch, wenn ich freiwillig arbeiten würde.

Ich muss oft an die blaue Hose denken. Das fühlt sich aber ganz schlecht an, wahrscheinlich weil das am allerlangweiligsten ist! Da gehe ich mal lieber ins Bad, öffne die Spiegeltüren des Badezimmerschränkchens, damit ich mein Matschegesicht nicht sehen muss, und versuche, meine Zähne zu putzen. Auf der rechten Seite

Revolution
ist machbar
Herr Nachbar

geht das, aber links tut es höllisch weh, weil alles verschwollen ist. Ich putze trotzdem weiter, weil mir dann wenigstens nicht mehr langweilig ist.

Brauner Saft färbt die Zahnpasta dunkel, das ist altes Blut. Mama kommt dazu und streichelt meinen Kopf.

»Ich creme dein Gesicht ein.«

Will ich nicht.

Sie schickt mich wieder in mein Zimmer. Mir ist sterbenslangweilig und es ist erst 10 Uhr: dritte Stunde. Bestimmt lachen sie gerade über den Biolehrer und ich versuche zuhause mitzulachen, obwohl das links ziemlich wehtut. Garantiert verabreden sie sich heute zu einem gemeinsamen Bummel zum Hertie, wohin ich nicht mitkann, weil ich nicht unter die Leute darf und außerdem auch nichts davon erfahre, weil ich ja hier bin und nicht dort.

Ich werde bestimmt vor Langeweile krank, sehe bald wie ein Vampir aus, wache immer abends auf und suche im Dunkeln Rothaarige, die ich bis auf den letzten Tropfen aussauge, und tagsüber schlafe ich in unserem Keller bei den Winteräpfeln von Frau Köhlers Mutter. Die runzeligen Äpfel, die aussehen wie Frau Köhlers Mutter.

Da fällt mir ein –

Ich habe ihr Gesicht nicht gesehen!

Ich werde sie nicht wiedererkennen, wenn ich nachts durch ihr Fenster fliege und sie ein Nachthemd anhat und nicht die schöne blaue Hose.

Thilo klingelt an der Tür, aber Mama lässt ihn nicht rein.

»Er schläft!«, behauptet sie, dabei würde ich so gerne mit Thilo quatschen. Thilo lässt mich grüßen, das ist nett. Mama sagt, dass sie mir seine Grüße ausrichten wird. Sie weiß, dass ich im Kinderzimmer mithöre. Sie denkt bestimmt, dass es nicht nötig ist, mir die Grüße auszurichten, weil ich mitgehört habe. Jedenfalls schließt sie die Wohnungstür und ich warte.

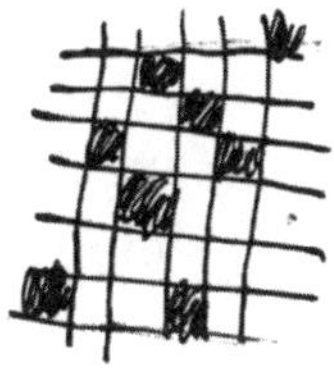

Ich warte vergebens. Was hab ich gesagt!

Mir ist wirklich scheißlangweilig!!!!

Mein Leben ist scheißlangweilig

Kein Zeichen

blabla

Doof bleibt doof,
da helfen keine
Pillen

21

Mein Gesicht ist nicht mehr angeschwollen, dafür hat es eine komische Farbe. Abwechslung muss sein. Gestern durfte ich wegen der Form nicht in die Schule, heute wegen der Farbe! Ich lache mich tot.

Joe hatte einen Witz über meine Gesichter gemacht: »Von der einen Seite siehst du aus wie immer, aber von der anderen wie Frazier* nach der zwölften Runde!« Ich habe mich aber schon totgelacht und lache nicht mehr. Mama hat mit ihm geschimpft, aber er hat zurückgeblafft: »Du regst dich über den Falschen auf!« Worauf Mama sofort aus dem Zimmer gegangen ist. Joe weiß halt, wie man mit ihr reden muss, auch wenn ich nicht verstehe, wie er das macht.

Dann sind sie ohne mich in die Schule und ich bin allein. Tot und allein mit Mama.

Sie geht einkaufen. Ich darf nicht mitkommen.

»Warum?«

»Das weißt du ganz genau, also frag nicht!«

»Und wenn ich das nicht genau weiß?«

»Aber du weißt es ja. Du kannst nicht so tun, als wüsstest du es nicht.«

»Ich darf nicht auf die Straße, weil ich tot bin?«

»Was?!«

»Weil ich ein blaues Gesicht habe?«

»Ja.«

»Wenn ich sage, dass ich gestolpert bin und gegen die Wand gefallen?«

»Das wird niemand glauben.«

»Was soll ich dann sagen?«

»Nichts. Du sollst zuhause bleiben, bis man das nicht mehr so sieht.«

»Was nicht mehr sieht?«

»Du weißt ganz genau, was ich meine! Soll ich dir etwas mitbringen?«

Das ist so langweilig.

Mama geht.

Ich muss zuhause bleiben.

Mir ist langweilig.

Mir fällt nichts ein.

Mir ist schlecht.

Ich sehe mir die Schallplatte von gestern an, sie heißt wirklich »Der Wurstsalat«.* Ich habe aber keine Lust auf Lachen.

Am Fenster brummt eine Fliege, die durch das Glas ins Freie will. Das klingt, als würde sie gerade mit einer kleinen Bohrmaschine ein Loch bohren. Ich helfe ihr nicht, obwohl ich weiß, wo unsere *Black & Decker** ist! Auf der anderen Häuserseite steht die Oma aus der 53 am Fenster und sieht zu mir und der Fliege rüber. Sie steht da jeden Tag und glotzt. Hoffentlich passiert auch mal was, dass sie was zum Glotzen hat.

Die Gardinen stinken nach Hallenbad. Da ist bestimmt Chlor im Waschmittel. Die Oma von drüben hat auch Gardinen. In den Fenstern über ihr und neben ihr – überall Gardinen. Wenn ich die Straße runtersehe, blitzt es weiß. Ich wohne in einer Gardinenstadt! Chlorweiß! Nur die Luft ist schmutzig. Drum muss man auch Chlor ins Waschmittel tun. Ist logisch. Bestimmt ist das logisch. Ich muss das rauskriegen, wenn ich wieder raus in die Schule darf.

Rauskriegen, raus, rausdürfen, rausfallen, rausschmeißen, rausbrausen!!! RAUSbRAUSen!! Zweimal raus ist doppelt schön!

Ich gehe zum Kühlschrank. Tata!

Da drin ist ein Becher Zitronenjoghurt, den will ich essen. Ich versuche, den Deckel zu öffnen, und reiße aus Versehen die Lasche ab. Jetzt will ich den Aludeckel an der Seite aufpuhlen, aber er ist so gut verklebt, dass ich mit meinen abgekauten Fingernägeln nicht drankomme.

Ich will aber Zitronenjoghurt essen!

Also drücke ich den Plastikbecher an den Seiten langsam zusammen. Der Deckel wölbt sich. Wenn ich jetzt etwas fester presse, platzt er bestimmt auf und ich kann endlich Zitronenjoghurt essen.

Der Deckel wehrt sich! Die haben den Becher mit Weltraumkleber verklebt. Ich setze mich, nehme beide Hände und drücke, so fest ich kann. Der Joghurt spritzt in hohen Bögen aus dem Becher in mein Gesicht, auf den Pulli und den Küchenboden.

Ich esse das bisschen Joghurt, das noch im Becher ist. Dann werde ich den Rest wegwischen.

»Klar, Mama.«

Ich werde aufstehen, zur Spüle gehen, einen Lappen nehmen und alles aufwischen. Später.

»Versprochen! Mama!«

Ich habe den Joghurtrest gegessen. Ich werde gleich aufstehen.

»Mach ich, Mama!«

Ich bleibe sitzen.

Wenn ich jetzt nicht aufstehe und aufräume und Mama kommt … Dann gibt es Rabatz! Tata!

»Immer muss ich aufräumen!«

Es ist aber nicht meine Schuld, dass der Becher nicht richtig aufgegangen ist. Ich habe überhaupt keine Lust, die Fehler des Joghurtbecherherstellers auszubaden.

»Ist nicht meine Aufgabe! Mama!«

Ich höre Schritte im Treppenhaus. Ich höre Mamas Schlüssel im Schloss. Ich lege mich auf den Küchenboden, direkt in den Joghurt. Ich schließe die Augen. Ich höre Mamas Schrei.

Zu spät.

»Herrgott. Was ist passiert?!«

Es riecht nach Zitronenjoghurt, es klebt an meiner Backe.

»Junge, was ist?«

Ich höre nichts. Ich bin ja ohnmächtig.

Sie reißt mich hoch und schließt mich in ihre Arme.

Jetzt öffne ich die Augen.

»Was ist passiert?«

»Ich hätte den Zitronenjoghurt nicht essen dürfen.«

Sie fasst an meinen Kopf.

»Tut dir was weh?«

Nein.

»Jetzt sag doch was, Junge!«

»Was soll ich sagen?«

Mama rennt zum Telefon, sucht hektisch nach einer

Nummer, wählt und plappert ganz aufgeregt los: »Ja, Frau Doktor, er lag ohnmächtig in der Küche. Nein, er ist wieder ansprechbar. Ins Krankenhaus? Was sag ich da? Zu wem muss ich dort gehen?«

Mama wählt schon wieder. Danach nimmt sie mich vorsichtig in den Arm und wischt den Joghurt aus meinem Gesicht.

Es klingelt an der Tür.

»Ah, das Taxi. Glaubst du, dass wir gemeinsam die Treppe runterkommen?«

»Klar, Mama!«

Die Gardinenhäuser flutschen am Seitenfenster des Taxis vorbei, wenn ich die Augen halb schließe, werden sie zu einer grauen Pampe. Da hilft kein Chlor! Papas arbeiten draußen, Mamas arbeiten zuhause, Kinder sind in der Schule. Nur ich werde wie ein Fürst durch die Straße gefahren. Ein Fürst mit Matschefresse.

Der Arzt leuchtet mir in jedes Auge, fasst mit beiden Händen an meine Rübe und tastet alles ab.

»Gebrochen ist nichts. Aber die Schwellung im Gesicht ist schon älter. Wie ist das passiert?«

»Hingefallen und an die Wand gepatscht.«

»Soso.« Er hat kurz zu Mama gesehen, wo ich nicht hinsehen kann, weil er immer noch meinen Kopf festhält. »Wir müssen den Schädel röntgen.«

Schädel klingt gut.

Ich sitze mit Mama in einem ewig langen Flur und warte. Krankenschwestern und Ärzte gehen hier auf und ab, alle sind ganz weiß und geschäftig. Manchmal rollen sie ein Bett oder einen Rollstuhl vorbei. Mama nimmt mich in den Arm und schweigt. Ich rede lieber auch nicht, weil ich mich nicht traue, die Wahrheit zu sagen, und doch an nichts anderes denken kann.

Dann muss ich ganz allein in eine dunkle Kammer, werde unter einen riesigen Fotoapparat gelegt und von drei Seiten geröntgt. *Geröntgt*: Das Wort sieht komisch aus. Jedenfalls wird dabei in den Kopf geguckt, sodass man sieht, ob drinnen was kaputtgegangen ist. Mama hat währenddessen mit Vater in seinem Büro telefoniert, weil meine Geschwister bald von der Schule heimkommen und keinen Schlüssel haben. Joe wird ganz schön erschrecken, wenn Vater die Tür öffnet.

Ich muss wieder zum Arzt rein. Er lässt mich ein paar Kniebeugen machen und vornüberbeugen. Er fragt, ob mir schwindelig dabei wird, »Mir ist nicht schwindelig«, fragt, ob mir schon mal schwindelig geworden ist, »Nö, ist mir nicht«, und endlich ist mir auch nicht mehr langweilig!

Mama ist noch einmal raus, weil sie jetzt zuhause anrufen muss, weil sie sich Sorgen macht. »Wo Sam doch noch so klein ist und nicht weiß, was tun, wenn niemand die Türe öffnet, falls Vater nicht zuhause ist«, erklärt sie mir.

Kaum ist Mama raus, guckt mich der Arzt streng an und fragt: »Jetzt sag mal: Wie ist das passiert?« Er zeigt auf meine linke Gesichtshälfte.

»Bin gestolpert und gegen die Wand geknallt.«

»Hat eure Wand Finger?«

Was meint er?

»Nein«, antworte ich, aber leise, weil ich gerade nichts kapiere.

»Willst du mir nicht die Wahrheit sagen?«, fragt er und sieht mir genau in die Augen.

»Doch. Ich sage die Wahrheit.«

Er schweigt.

Ich bin auch lieber still.

Mein Papa verhaut mich, aber nicht weitersagen, weil sonst Mama weint.

Was bildet der Idiot sich ein?! Ich bin kein Baby mehr. Kann ja sein, dass er Lateinisch spricht, aber sonst ist er nicht besonders helle!

»Wenn du mir sonst nichts zu sagen hast, dann war's das. Du bist gesund. Ich habe nichts gefunden. Kannst morgen wieder in die Schule. In welche Schule gehst du?«

»Ins Kant-Gymnasium.«

Er sieht mich schon wieder ernst an.

»Hör zu, mein Junge. Eine Lüge hattest du frei. Ich will mal nicht so sein. Aber zwei Mal hintereinander lass ich mich nicht von dir anschwindeln! Hast du verstanden, was ich sage?«

Ich kapiere null Komma null.

»Ich frage dich jetzt noch ein Mal, und du überlegst dir vorher, was du mir dann antworten willst: In welche Schule gehst du?«

Ich denke scharf nach, aber ich kenne nur mein Gymnasium und meine alte Grundschule.

»Ins Kant-Gymnasium.«

»Du gehst in ein Gymnasium?«

Er hat das »Du« betont. Dann schüttelt er schon wieder den Kopf und sieht auf meine Röntgenbilder.

»Das ist kein deutscher Name, nicht?«

»Ja.«

»Woher stammt dein Name?«

»Von meinem Vater.«

»Ich will wissen, aus welchem Land der Name kommt.«

»Weiß ich nicht genau. Es ist ein arabischer Name.«

»Soso. Und du willst aufs Gymnasium gehen?«

»Ja.«

»Du gehst nicht auf die Hauptschule?«

»Nein.«

»Das ist deine letzte Chance, die Wahrheit zu sagen …«

»Ich sage die Wahrheit.«

»Wenn jetzt deine Mutter hereinkommt, werde ich sie fragen. Dann wird sich alles aufklären. Willst du das? Willst du das wirklich?«

Ich weiß nicht mehr, was ich will. Wenn jetzt Mama reinkommt, wird sie hoffentlich noch wissen, dass ich aufs Gymnasium gehe.

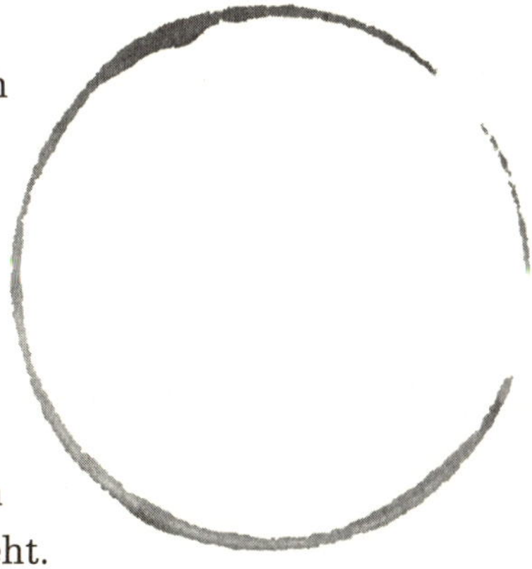

Auf Mama ist kein Verlass.

Sie kommt.

»Ich habe gerade ihren Sohn gefragt, auf welche Schule er geht. Er behauptet, er sei Gymnasiast.«

Mama sagt: »Ja. Und?«

Ich gucke sie ganz überrascht an. Sie schaut ebenso überrascht zurück, wahrscheinlich weil ich so überrascht gucke. Vielleicht denkt sie jetzt, dass ich nicht mehr aufs Gymi darf wegen meinem Kopf und der Ohrfeige und dem Röntgen …

Der Arzt steht seufzend auf.

»Ich bin mit meinem Latein am Ende. Ihrem Sohn fehlt nichts. Vielleicht war das ein Kreislaufproblem, vielleicht etwas anderes. Er ist in der Pubertät, da kann dergleichen vorkommen. Wachstumskomplikationen. Gegen die blauen Flecken verschreibe ich Ihnen etwas. Das können Sie dann in Ihrer Apotheke abholen. Ansonsten aber ist er gesund. Er soll sich halt von Wänden fernhalten.«

Mama wird knallrot.

Endlich mal eine gute Nachricht, ich darf zur Apotheke und Hosen gucken.

Das Taxi fährt uns dieselbe Strecke heim, nur andersrum. Aber auch so rum ist unsere Stadt langweilig.

Mama ist allein zur Apotheke! »*So* kannst du nicht unter die Leute …«, hat sie behauptet und ist dann alleine hin.

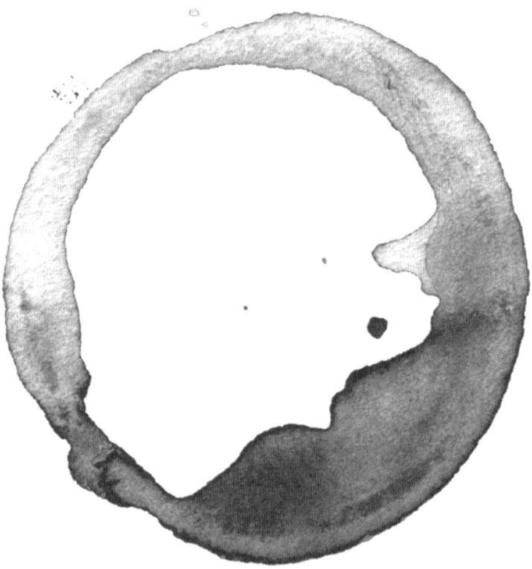

22

Als Rino von der Schule flog, war das der traurigste Tag in meinem Leben. Er war mein allerbester Freund, er ist es noch.

Rino weiß sogar über unseren Vater Bescheid. Er ist der Einzige, dem ich davon erzählte, obwohl Mutter das strikt verboten hat. »Hör zu: Niemandem, aber auch wirklich ganz und gar niemandem darfst du davon erzählen«, hatte sie gesagt und auch das habe ich Rino erzählt. Wenn sie das jemals rausgekriegt hätte, wäre sie richtig wütend auf mich geworden …

Ab einem gewissen Zeitpunkt wäre das nicht mehr aufgefallen, weil fast alle auf mich wütend waren. Rinos Eltern hatten mittlerweile erfahren, dass ich wusste, was Rino so treibt und vor allem *nicht* treibt, zum Beispiel in die Schule gehen. Deswegen war auch mein Vater verärgert und hatte jeglichen Kontakt zwischen uns verboten. Doch Rino hatte nur gelacht, als Vater ihm das vorschreiben wollte.

»Du hast mir gar nichts zu sagen!«

»Mag sein. Aber mein Sohn muss mir gehorchen!«

»Was soll er machen, wenn ich trotzdem mit ihm rede? Muss er sich die Ohren zuhalten, wenn er mich sieht?«

»Dann werde ich mit deinen Eltern reden.«

»Viel Spaß!«, antwortete Rino und: »Komm aber nicht vor 16 Uhr, vorher ist nämlich niemand zuhause, und nach 18 Uhr sind sie auch wieder weg!« Dann hat Rino gewartet, dass Vater noch etwas sagt, aber der ist nur wütend davongestapft und Rino hat mit den Schultern gezuckt.

(Ach ja, meine Mama war sauer, weil Vater mit ihr geschimpft hatte, weil sie mich nicht richtig im Griff hat.) Die Erwachsenen waren schlecht gelaunt und sie blieben es!

Als Rino dann auch noch von der Schule flog, waren Rinos Eltern auf mich wütend, weil sie mir die Schuld gaben, dass er von der Schule geschmissen wurde, und meine Eltern waren auf Rino wütend, weil sie ihm die Schuld gaben, dass ich so einen schlechten Einfluss auf ihn hatte.

Mich traf diesmal aber keine Schuld!

Eltern denken kompliziert. Dabei ist alles ganz einfach. Rino hasst Schule. Aber so etwas wollen die Alten nicht hören.

Rino will Sänger werden. Sein Vater hat ein Akkordeon und kann super singen und Rino sagte immer: »Wenn

Papa nicht geheiratet und Kinder gekriegt hätte, dann wäre er jetzt ein berühmter Sänger!« Manchmal behauptete Rino auch, dass sein Vater, wenn er Gitarre statt Akkordeon spielen würde, längst in der Hitparade wäre.

Egal warum, die Sache ist jedenfalls ziemlich knapp gescheitert. Ich kenne sonst niemanden, der beinahe weltberühmt geworden wäre. Und das ist nun Rinos Ziel! Rino will berühmt werden und an meiner Schule war er das schon ein bisschen.

»Ich verstehe kein Wort!«, hatte er Tadic jedes Mal geantwortet, wenn der was von ihm wollte, und Tadic hatte nie kapiert, dass Rino ihn nur verarscht: »Muscht du bässa zuhörrn.«

»Verstehe kein Wort!«

Die Klasse hatte sich schlapp gelacht.

»Ohrän butzän, Riino!!«

»Hä, was?«

Die Mädchen aus der Oberstufe nannte er »Süße« und die Lehrerinnen »Schnecke«, natürlich nur wenn die das nicht mitkriegten. War trotzdem komisch.

Einmal wollte ihn einer verhauen und Rino hat nur gemeint: »Hab keine Lust. Such dir einen anderen und verprügel den.«

Rino ist super.

Er hatte ziemlich schlechte Noten geschrieben und zuletzt war er kaum noch in die Schule gekommen, außer zu Klassenarbeiten, wo er natürlich neben mir saß,

Almoprala

mich zuerst immer fragte: »Wie heißt noch mal der Lehrer?« und »Haben wir gelernt?«, um schließlich bei mir abzuschreiben. Wenn er seine Arbeit zurückbekommen hatte, schimpfte er manchmal mit mir: »Das kannst du aber besser …«

Rino ist auch der Einzige, der meine Sauklaue richtig entziffern konnte. Wenn mir ein Lehrer einen Punkt verweigerte, weil er meine Schrift mal wieder nicht lesen konnte, nahm Rino meine Arbeit und las sie dem Pauker Wort für Wort vor. »Was kann man denn da nicht lesen? Man muss sich halt auch anstrengen!«

Rino und ich waren Kumpels, er war mein Huckleberry. Ich wäre gerne sein Tom gewesen, aber ich denke, dazu hat es nie gereicht. Ich bin der Sklave in unserer Geschichte. Wäre toll, wenn er mich bis zum Ende meiner Flucht begleitet hätte. Aber das Leben ist halt kein gutes Buch!

Ich hätte ihn bis zum Abitur abschreiben lassen und darüber hinaus. Er hatte geahnt, dass unser Plan nicht funktionieren wird, da man während Abiturprüfungen nicht abschreiben kann. Die Lehrer kontrollieren mit Schäferhunden zwischen den Stuhlreihen und jeder Prüfling ist ganz allein an einem Tisch, das hat uns einer aus der Oberstufe verraten!

Jetzt sitzt Rino in einem Internat am Bodensee fest, darf keine Postkarten schreiben und muss warten, bis er 18 ist! Zum Glück durfte er seine Gitarre mitnehmen.

Zum Abschied hat er mir gesagt: »Denen singe ich solange den Jailhouse Rock* vor, bis sie mich rausschmeißen!« Mittlerweile ist ein Jahr rum und er ist immer noch weg. Das mit dem Singen hat also nicht geklappt.

In den Ferien und an den Wochenenden bleibt er auch weg, weil seine Eltern ein Restaurant und keine Zeit für ihn haben. »Und Strafe muss auch sein …« In den Sommerferien fährt er zu seiner Oma nach Italien. Deswegen ist Rino aus meinem Leben verschwunden, obwohl seine Eltern im gleichen Häuserblock leben wie wir.

Mein Leben wäre ein schlechtes Buch.

Ich wollte immer gerne Rino sein. Nein, das stimmt nicht, wegen Joe, Sam und meiner Schwester. Ich will auch nicht *wie* Rino sein. Ich will in seiner Nähe sein, nicht an seiner Stelle.

Wenn Mama mit mir geschimpft hatte, damals, als Rino noch bei mir war, sagte sie oft: »Wenn Rino in den Fluss springt, dann springst du hinterdrein.« Stimmt! Ohne mit der Wimper zu zucken, spränge ich hinterher in unseren dreckigen Fluss mit den grauen Schaumkronen und den toten Fischen!

Mit Rino war alles besser. Ich würde ihm auch jetzt noch hinterherspringen!

23

Ich darf noch immer nicht in die Schule! Ich hasse Vater, ich hasse ihn so sehr. Er ist schuld, dass ich nicht in die Schule darf.

Meine Kumpels werden mich längst vergessen haben, so wie sie auch Rino vergessen haben, obwohl ihn alle klasse fanden. Hörner wird sich nicht mehr an unseren Spaß in der Stadt erinnern, an den Affen und den Verkäufer.

Wenn sie mich fragen sollten, warum ich denn so lange weg gewesen war, werde ich auch noch lügen müssen. Mama hat mir jetzt schon gesagt, was ich später sagen soll, wenn ich dann endlich wieder hindarf: »Erkältung!« Dabei habe ich nicht ein einziges Mal gehustet seit der Ohrfeige.

Mama sagt, dass wir »Ohrfeige« sagen sollen! (Fresse schlagen ist kein gutes Deutsch.)

Ich gehe in das Schlafzimmer meiner Eltern und streue Pfeffer in seine Socken. Hoffentlich juckt der Pfeffer, wie sein Fußpilz gejuckt hatte. Leider fällt mir nichts Besseres ein. Wenn ich rausdürfte, könnte ich Omas Blumen für ihn suchen.

Ich darf nicht in die Schule.

Ich darf nicht in die Schule.

Ich darf nicht in die Schule.

Ich darf nicht in die Schule.

Ich darf nicht in die Schule.

Ich darf nicht in die Schule.

Ich soll mich dort nicht blicken lassen, weil der Handabdruck meines Vaters in meinem Gesicht ist.

Ich hasse seine Finger,
seine Hand,
seinen Arm,
ich hasse ihn!!!
Ich werde seine Hand nicht los!

Mama nervt, weil ich sie nerve. Ich soll in meinem Zimmer spielen und »hin und wieder einen Blick in die Schulhefte werfen«.

»Ich will in die Schule!«

»Hör auf zu nerven!«

Immerhin nimmt sie mich in den Supermarkt mit und ich darf den Einkaufswagen schieben. Sie hat mir ein Pflaster auf die Wange geklebt. Es verdeckt die Fingerspuren nicht ganz, lenkt aber davon ab. Mama kennt gute Tricks.

»Morgen darf ich aber wieder in die Schule.«

»Mal schauen.«

Ich stampfe wütend auf. Ich brülle Mama an. Sie geht in die Küche, schließt die Tür. Ich schreie die Tür an!

Frau Voll würde jetzt sagen, dass meiner Geschichte der Übergang fehlt. Gerade war ich im Supermarkt und jetzt bin ich zuhause … »Wie seid ihr denn dahin gekommen? Besser machen!« Ich kann ihre scheiß Randbemerkungen mittlerweile auswendig. Ich mache mir aber nichts daraus, Sie blöde Kuh!

Ich schreie weiter. Trete gegen die Küchentür. Ich stampfe laut auf den Boden. »Blöde Kuh, blöde Kuh, blöde Kuh.« Mehr fällt mir nicht ein.

Plötzlich öffnet Mama die Tür, kommt auf mich zu, umarmt mich, obwohl ich schreie und tobe, und sagt: »Es tut mir so leid, mein Liebling. Morgen gehst du wieder in die Schule. Ich verspreche es dir.«

Ich bin total außer Atem und nass geschwitzt. Die Hände tun mir weh, weil ich sie fest zusammengedrückt hatte.

»Ich möchte Boxen lernen, Mama.«

»Das ist nicht gut.«

»Warum?«

»Da tut man dir weh.«

»Das ist mir egal, Mama.«

»Es kostet Geld und Geld ist knapp.«

»Nie ist Geld da, wenn uns etwas Spaß macht.«

»Das Leben ist hart«, sagt sie.

Aber unser Leben ist nur hart, weil Vater darin ist. Ich behalte das für mich, weil Mama so was nicht versteht.

24

An meinem Sack ist ein Haar und in meiner linken Achsel ist noch eins, sogar an meinem Kinn sind ein paar.

Ich tippe, da kann man einfach nichts mehr machen. Ich werde lernen müssen, das alles zu akzeptieren.

Ich spare Geld, lerne Boxen und werde Vater später k. o.* boxen. Wie lange das wohl dauert?

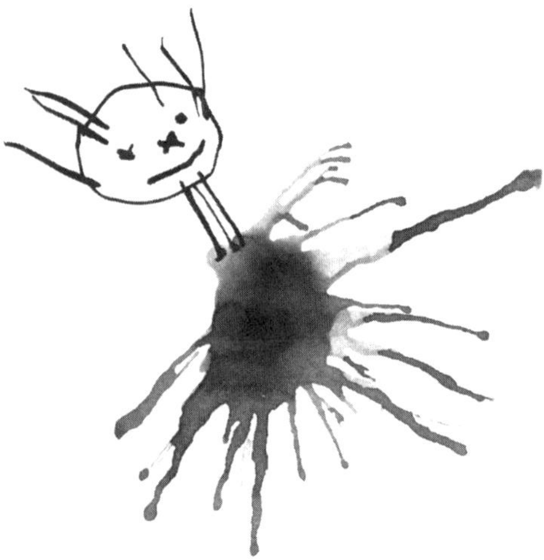

25

Ich bin schon seit 5 Uhr wach. Das fühlt sich an wie ein allerersten Schultag. Ständig denke ich an meine Schulkameraden und überlege, wie die wohl reagieren werden, wenn sie mich gleich wiedersehen, vor allem, was sie sagen werden. Ich kann es kaum mehr erwarten, ins Klassenzimmer zu kommen und die Aufregung endlich hinter mir zu haben. Der Pflastertrick meiner Mutter verdeckt die letzten Spuren in meinem Gesicht, und Joe hat gesagt, ich soll ihm Bescheid geben, wenn mich einer deswegen nervt.

Das ist nicht nötig, weil mich niemand bemerkt. Nur Thilo kommt zu mir und erzählt, dass er mich nach der Schule besuchen wollte, aber ich zu krank gewesen sei. »Geht's dir jetzt besser?«, fragt er mich, und ich nicke, weil ich das ja längst weiß und Thilo eigentlich nicht richtig leiden kann.

Hörner quatscht mit einem aus der Para-Klasse und

auch sonst sind alle mit etwas beschäftigt, nur ich stehe herum wie ein Linienrichter.

Thilo erzählt irgendein Zeugs, was mich nicht interessiert, und dann kommt Salomon, schaut ins Klassenbuch, liest laut meinen Namen vor und fragt: »Ist er wieder da?« Ich melde mich und er meint: »Hoffentlich steckst du uns nicht an. Du siehst ganz schön blass aus. Willkommen zurück. So. Und jetzt nehmt ihr bitte Schulhefte und -bücher vom Tisch. Wir schreiben einen kleinen Test.«

Alle sehen zu mir, als wäre ich schuld!

»Ich will keine Unterlagen sehen, nur Mäppchen! Mal schauen, was ihr euch gemerkt habt. Und du –« Obwohl alle stöhnen und laut durcheinanderreden, weiß ich, dass er gerade mit mir spricht: »Du schreibst auch mit. Die Bruchrechnungen sind dir bekannt, und was du nicht weißt, lässt du einfach weg.«

Ich versuche, beleidigt auszusehen, so gut das halt geht mit einem Riesenpflaster im Gesicht.

»Jetzt schau nicht so. Ich werde deine Arbeit nicht benoten. Du schreibst aber mit.«

Ich find das trotzdem blöd.

Er verteilt die Blätter und Rainer in der ersten Reihe brüllt: »Oh Mann, das ist ja total schwer!«, was den Klassenkameraden in den hinteren Reihen Angst macht, weil sie die Blätter noch nicht gekriegt haben und Rainer glauben müssen. Unser Klassenlehrer ist auf Rainer sauer und droht ihm. Oliver schüttelt den Kopf, was auch ihm einen Tadel einbringt. »Ich hab nichts gesagt!«, will er sich wehren, aber der Klassenlehrer ist auf hundertachtzig!

»Jetzt ist Ruhe. Das ist eine Klassenarbeit und nicht der Rummel, wo jeder seinen Senf dazugeben darf. Wer ab jetzt noch redet, kriegt eine 6!«

In der Pause erzählen Hörner und Juri von Marthas großem Auftritt im Reliunterricht. Der Religionslehrer (der katholische, Martha ist eine Kartoffel!) hat über die Geburt Christi geredet und was für ein Geschenk das an die Menschheit gewesen sei, worauf Martha, die die Bibel auswendig kann, ihn unterbrach: »Blödsinn!«

Alle hätten gelacht. (Klar, hätte ich auch.) Der Relilehrer hatte ganz vergessen, dass man aufgefordert werden muss, bevor man im Unterricht sprechen darf. Statt Martha zu tadeln, hatte er nur »Was?« gesagt, worauf aber Evelyn, Marthas beste Freundin, sagte: »Das heißt: Wie bitte.«

»Alle hatten sich kaputtgelacht«, sagt Hörner und Juri meint: »Allein dafür lohnt es sich, Katholik zu sein. Echt klasse ist das gewesen!«

Doch da hatte Martha erst richtig losgelegt: »Weihnachten ist nur ein Geschäft! In jeder Kaufhausabteilung liegt ein Christusbaby herum, jeder denkt: Wie süß, das Jesulein! Dabei ist das Kitsch! Alle vergessen, dass es einen Grund gab, warum Gott Jesus zu den Menschen sandte. Denn wir sind unehrlich und gemein, sogar die Priester sind nur an Gold und Silber interessiert. Nichts hat sich verändert!«

Das muss unserem Relilehrer wirklich gestunken haben, denn der ist nebenher auch Pfarrer in der Sankt-Elisabeth-Kirche. Aber Martha war noch lange nicht am Ende und hatte gesagt, dass sie nichts mehr hören will über Weihnachten und die Geburt Jesu. »Das interessiert doch nur Spielwarengeschäfte und Weihnachtsmärkte.«

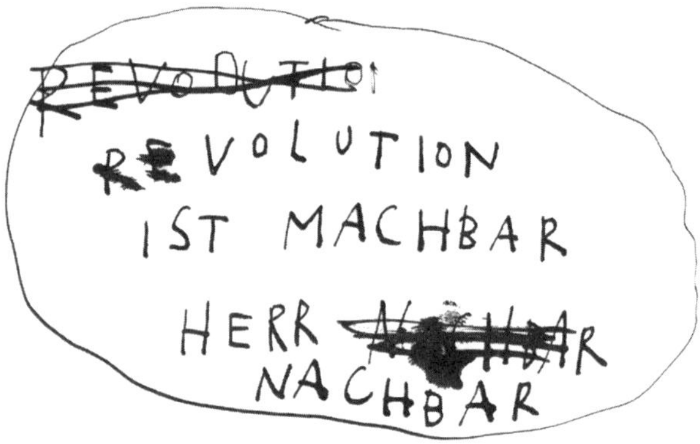

Hörner lacht, während Juri das erzählt. (Ich wäre ja ein Fan von Martha, wenn ich dafür nicht Christ werden müsste.)

Zum Schluss hat Martha gesagt: »Der Mensch ist schlecht. Unser Jesus ist der am Kreuz, nicht der in der Krippe. Wir sind schlecht und das Kreuz ist unser Zeichen.«

Ein paar in der Klasse applaudierten. Als die anderen sahen, wie beleidigt der Lehrer ausgesehen hat, haben auch die noch schnell geklatscht und Martha hat tatsächlich ein bisschen gelächelt. Der Relilehrer versuchte zu widersprechen, sagte was von der Liebe Gottes und dass auch der Sünder von Gott geliebt wird, sogar Jesus hat allen am Kreuz noch vergeben und so. Aber Martha war nicht nach Vergebung.

Die Klasse fand gut, was den Pauker schlecht aussehen ließ. Er hatte den Kopf zur Seite sinken lassen und mit hoher Stimme gesprochen. »Wie bei seinen Predigten am Sonntag«, sagt Hörner. Aber auch das half nicht. Alle meinten jetzt, der Mensch ist schlecht. Der Mensch taugt nichts. Und Rainer hatte den Vogel abgeschossen: »Sehen Sie doch uns an!« Worauf alle Tränen gelacht hätten und der Lehrer nur noch den Kopf schüttelte und schwieg. Das Allerkomischste aber ist, dass Martha meint, was sie sagte, weswegen der Lehrer keine Chance gegen sie hat und der Rest sich auf seine Kosten schlapp lachen durfte.

Ich gehe in den Reli-Unterricht, obwohl ich eigentlich eine Freistunde haben könnte. Aber Freistunden sind langweilig, weil ich der einzige Moslem und deswegen immer allein in der Freistunde bin. Dabei bin ich gar kein richtiger Moslem, weil das niemanden in meiner Familie interessiert. Aber die vom Amt müssen irgendwas eintragen bei »Religionszugehörigkeit« im Schülerbogen und auch im Pass, sonst wäre man ja nichts und das geht scheinbar nicht. Dabei ist es so! Ich bin nichts! Kein Katholik, kein Protestant, kein Moslem, kein egal was! Aber das kapieren Erwachsene mal wieder nicht.

Die Geschichte mit Martha ist wirklich klasse. Sie wäre ein guter Papst, was aber nicht geht, weil sie zu jung ist und kein Mann. Ich habe die ganze Zeit gewusst, dass etwas Tolles passieren wird, wenn ich nicht in der Schule bin. Ich finde das total gemein und Martha hat Recht: Die Welt ist ungerecht. Nur finde ich, dass man kein Christ sein muss, um das zu kapieren.

Ich habe Mama von Martha erzählt. Doch sie hat nicht gelacht, sondern nur den Kopf geschüttelt und gemeint: »Die ist doch überspannt.«

Vater fragt mich, wie es in der Schule war. »Gut«, sage ich und verschwinde in mein Zimmer. Ich weiß, was er eigentlich von mir hören will. Er will eine Entschuldigung! Nachdem er uns verprügelt hat, sollen wir uns entschuldigen: »Tut mir leid! Mach ich nie wieder.« (Auch wenn es nicht stimmt.)

Vater will Entschuldigungen hören. Mama will trösten und so tun, als sei nichts passiert. Wir wollen nicht geschlagen und nicht getröstet werden und uns nicht entschuldigen. Keiner kriegt, was er eigentlich will. Aber alle warten darauf.

Mama spült ab und kocht Tee. Vater sieht fern und trinkt Tee. Joe legt sich ins Bett und macht einen runden Rücken. Ich starre an die Wand, wo ich gerne hinkritzel, was jemand Bestimmtes besser nicht finden sollte. Sam fummelt an einem Matchboxauto rum, obwohl man die nur anschubsen kann. Schwesterchen liest. Wir warten eigentlich alle auf eine Entschuldigung! Aber die kommt nicht. Egal von wem!

Nichts passiert.

Und das ist so und wird auch immer so bleiben!

Einer blutet an der Lippe oder hat ein dickes Ohr oder Auge oder egal. (Aber nicht meine Schwester! Sie wird nicht verhauen, weil sonst Mama auszieht.)

Einmal war Joes rechte Hand so angeschwollen, dass er seine Finger nicht mehr bewegen und eine Woche auch nicht schreiben konnte. Er ist damit zur Ärztin, sie hat ihn untersucht, den Kopf geschüttelt und trotzdem ist nichts passiert. Dann ist er mit der dicken Hand in die Schule. Mama hat eine Entschuldigung geschrieben. (Lehrer sind die Einzigen, die von uns eine Entschuldigung bekommen.) Sie haben Joe gefragt, wie das geschehen konnte, und er hat gesagt: »Da müssen Sie meinen Vater fragen.« Hat keiner gemacht und nichts ist passiert.

Mama sagt, was sie immer sagt: »Sagt nichts!« Vielleicht entschuldigt sich deswegen keiner bei Vater? Mama sagt auch: »Ihr wisst genau, wie er ist, und trotzdem müsst ihr ihn immer provozieren! Warum könnt ihr das nicht lassen? Er will nur euer Bestes.« Das kriegt er aber nicht! Also schweigen wir und warten, auch wenn nichts passiert.

Vater war Soldat im Krieg, aber es war nicht der Hitler-Krieg, von dem die Leute immer reden, sondern ein anderer woanders. Auf jeden Fall sind auch da viele Menschen gestorben und mein Vater hat eine Narbe am Bauch von einem Flammenwerfer, mit dem die Engländer auf meinen Vater gefeuert haben, als er selbst beinahe noch ein Kind war. Ich kann mir das richtig gut vorstellen: Mein Vater im Krieg!

Joe hatte einmal gesagt, dass nicht mal auf den Krieg Verlass ist! Mama war total erschrocken gewesen und hatte Joe geantwortet: »Wenn das passiert wäre, dann gäbe es dich nicht! Denke also nach, bevor du redest!« Joe aber hat nur ganz ruhig gesagt: »Ich habe mir das genau überlegt!« Und da hatte ich erst kapiert, worüber die beiden die ganze Zeit gesprochen hatten!

Jedenfalls ist das wirklich gemein. Kaum gehe ich mal nicht in die Schule, passieren die tollsten Geschichten. Ich war zuhause, hab das die ganze Zeit gewusst und konnte nichts ändern!

Das ist ein langer Bericht geworden, das kommt, weil ich so lange nichts erlebt habe. Die Hand tut mir auch weh. Ich habe eigentlich noch ganz viele Gedanken im Kopf, aber die müssen dort bleiben. Ich hab schon einen Krampf in den Fingern.

Meine Schwester hat mal ein Buch mit fast 1 000 Seiten gelesen. Ich kann mir gar nicht vorstellen, wie man das schreiben soll! Der Schriftsteller muss eine Hand aus Stahl gehabt haben.

26

In meinem Gesicht ist jetzt nur noch ein dunkler Fleck zu sehen. Die Hand erkennt man gar nicht mehr, Mama hat das Pflaster weggelassen. Ich bin froh, weil ich jetzt nicht mehr erinnert werde, dass es einen Grund gab, weswegen ich dieses Pflaster tragen musste.

Frau Voll ist sauer, weil niemand das Buch gelesen hat, das sie uns besorgt hat. Es heißt *Krambambuli** und handelt von einem Hund. Mehr weiß ich nicht, weil ich es noch nicht gelesen habe.

Frau Voll hat übrigens Karl May verboten, weil auch der schlechtes Deutsch geschrieben hat. Das hat sie natürlich unseren Eltern am Elternabend sagen müssen. Jetzt liest keiner mehr Karl May, weil die Eltern nerven, wenn die Voll nervt.

Das Buch vom Krambambuli hat aber keiner gelesen! Die Voll hat es schon vor zwei Wochen ausgeteilt und war danach krank geworden. Niemand kann sich erinnern, dass sie jemals gesagt hat, dass wir das Buch auch *lesen* sollen.

Jetzt steht sie vor uns und wippt verärgert vor und zurück. Sie hat ganz weiße Fingerknöchel gekriegt, vor Wut, tippe ich mal, und lamentiert. Lamentieren* tun eigentlich nur wir. »Hört auf zu lamentieren«, sagt sie gerne, aber gerade macht sie es selber …

»Wenn ich Bücher austeile, ist es doch selbstverständlich, dass ihr die lesen sollt. Das muss ich doch nicht extra betonen. Was sonst solltet ihr auch mit den Büchern machen?«

Einige lachen, denen ist scheinbar etwas eingefallen.

»So, dann bleibt uns nichts anderes übrig, als das Buch gemeinsam zu lesen. Wer will anfangen?«

Nur Thilo meldet sich. Sie nimmt ihn dran. Er leiert beim Lesen und die Voll unterbricht ihn schon nach einer halben Seite und bestimmt nun Silvia, die aber auch leiert. Logisch, sie kennt das Buch nicht und hat keine Lust, vorzulesen. Sonst hätte sie sich ja freiwillig gemeldet …

Ich höre nicht zu! Falsch! Ich höre Wort für Wort, verstehe aber die Sätze nicht, und das fühlt sich an wie nicht zuhören. Die Voll hat das Buch in der linken Hand, die sie mit der rechten hält. Sie hört bestimmt auch nicht zu.

Rainer glotzt auf Volls Bauch. Er sitzt in der ersten Reihe, und weil die Voll das Buch wie ein Gebetsbuch vor ihr Gesicht hält, kann sie ihn nicht sehen. Er könnte ihr einen Kaugummi ans Kleid kleben und sie würde nichts merken.

Ich bin dran! Bestimmt, weil ich gegrinst habe, als ich an den Kaugummi gedacht hatte! Den Text verstehe ich auch jetzt nicht, wo ich ihn laut lese. Ich eiere von Wort zu Wort und weiß gar nicht, wo das alles hinwill. Plötzlich sagt sie: »Gut, du hast dich verbessert. Ich gebe dir eine Drei!«, und zückt tatsächlich ihr Notenbuch.

Alle starren mich an.

Alle wissen, dass ich scheiße gelesen habe.

Aber Voll hält mich für einen Idioten und will der Klasse zeigen, dass auch Idioten eine Belohnung verdienen. Wahrscheinlich bin ich ab heute nur noch ein Halbidiot für sie!

Mein Herz schlägt wie wild. Ich kriege kein Wort mehr raus. Zum Glück liest jemand anderes weiter.

Hörner meint in der Pause, die Voll sei voll bescheuert, deswegen heißt sie auch Voll. »Du hast total schlecht gelesen und kriegst eine Drei. Die hat 'nen Knall!«

Der ist in Ordnung, der Hörner.

Wenn ich Martha lange ansehe, ist das wie in der Apotheke. Mir fallen Dinge auf, die mir noch nie aufgefallen sind, ihre langen Wimpern zum Beispiel. Ich bin auf die

Toilette in den dritten Stock gerannt und habe meine Wimpern im Spiegel angesehen. Jetzt weiß ich: Sie hat so geschwungene Dinger und ich habe ganz gerade, ihre sind braun und leuchten und meine sind schwarz und dunkel. Sie sind verschieden! Bescheuert, was?

Sie hat gemerkt, dass ich sie ansehe.

Ich bin mir nicht sicher, ob sie gleich Ärger machen wird.

Aber eigentlich mach ich ja gar nichts.

Soll sie mir mal beweisen, dass ich was getan habe. Ich gucke nur. Hörner guckt ja auch immer und Juri ist ein Radar, dem entgeht nix! Zu ihm sagt auch nie einer was. Dann werde ich wohl auch mal gucken dürfen. Gleiches Recht für alle!

Ich habe gute Augen mit schwarzen Wimpern, ich darf gucken. Wir haben beide lange Wimpern! Hörner und Evelyn haben kurze. Die passen gut zusammen mit ihren Stummelwimpern. Sie kriegen bestimmt Babys mit kurzen Wimpern, das ist dann wie mit den Erbsen von Herrn Mendel.* Na ja, wenn sie Babys machen, dann natürlich nur …

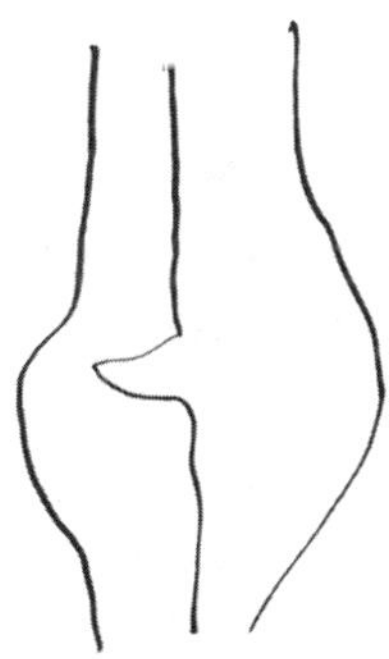

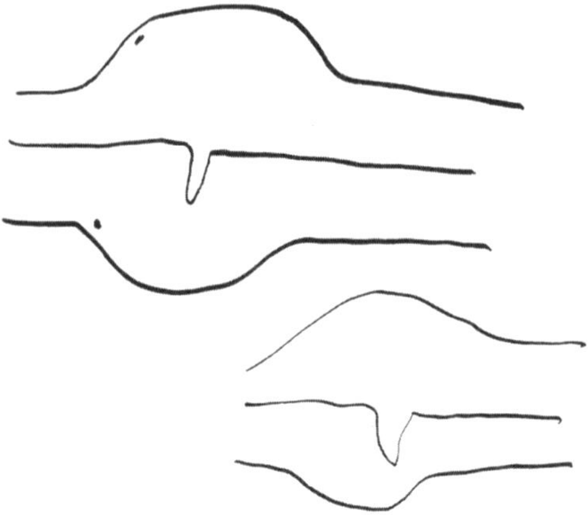

Wobei die Brüder aus *Bonanza* ganz verschieden aussehen! Aber da man die Mama von denen nie sieht, weil sie schon tot war, als sie mit den Filmarbeiten begonnen hatten, weiß ich nicht, ob die Brüder ihrer Mama ähnlich sehen.

Seit alle *Bonanza* gucken, wollen alle Cowboys sein! Cowboys sind Amerikaner, in Deutschland gibt es keine Cowboys, sondern nur Bauern. Aber niemand will Bauer sein! Logisch.

Auch wollen jetzt alle amerikanische Namen haben. Das ist total witzig, weil Mohammed Ali ist Amerikaner und hatte einen amerikanischen Namen. Er wollte aber lieber einen Namen haben, wie ich ihn hab. Schon witzig, oder? Aber so einen Namen wie meinen Namen kann man sich nur leisten, wenn man auch so stark ist wie Ali oder wenn man dort wohnt, wo alle so heißen. Also dort, wo unsere Großeltern leben, die, die wir nicht kennen, weil sie so weit weg wohnen und wir kein Geld haben, um sie da zu besuchen.

In der vierten Stunde steht schon wieder Frau Voll vor uns, weil Französisch ausfällt. Die eigentliche Lehrerin hat ja Krebs und die Vertretung mit dem Busen hat uns übernommen, obwohl sie nicht immer Zeit hat. Also fällt hin und wieder eine Stunde aus. Die Voll lächelt: »Habt ihr ein Glück, dass ich noch im Haus war, sonst wäre die Stunde ausgefallen.«

Das meint die ernst!

»Jetzt können wir ein bisschen von dem aufholen, was ihr versäumt habt.«

Sie sieht ausgelassen in der Klasse rum und fordert Hörner auf. Er weiß nicht, wo wir stehen geblieben sind. Hörner fragt Oliver, der fragt Silvia, die fragt Hans, doch Hans zuckt nur mit den Schultern, weil er das Spiel nicht kapiert.

Frau Voll ruft wütend die Seitenzahl und Hörner kriegt einen roten Kopf. Dann fängt er an. Er rattert los wie ein kaputter Traktor und bleibt an jedem Wort hängen. Außer beim Wort »Krambambuli«! Das klingt ganz flüssig, weil er es auswendig hersagt. Ich kicher und lese jetzt sogar mit, weil ich wissen will, wann das nächste »Krambambuli« kommt.

Hörner leuchtet wie eine reife Tomate. Die Voll lässt ihn weiterlesen. Er kneift die Augen zusammen, keine Ahnung, wie er da noch etwas sehen kann. Wenn eine schwierige Stelle kommt, zuckt er mit beiden Händen. Das sieht dann aus, als wolle er mit dem Buch unsichtbare Nägel in den Tisch einschlagen. Er quält sich ans Ende eines Absatzes und hört einfach auf zu lesen.

Aber Voll sagt: »Weiter.«

Alle lachen. Außer Hörner.

»Was gibt es da zu lachen?«, herrscht sie uns an. Sie kapiert wirklich nichts.

Hörner stottert weiter. Oliver macht fiese Zeichen, wenn Voll nicht hinsieht. Hörner schwitzt und ich habe Mitleid.

»Das ist unfair. Andere wollen auch«, sage ich laut. Wieder lachen alle. Die Voll nimmt einen anderen dran, und jetzt ruft nach jedem Satz ein anderer dazwischen und behauptet, auch lesen zu wollen. Ihr ist das egal und bald geben wir auch dieses Spiel auf.

Hörner ist sauer, weil er keine Note gekriegt hat. Er sieht mich mit bösem Blick an.

27

Mama kommt mit einer dampfenden Teekanne zu mir und sagt: »Bring das deinem Vater.«

Ich trau mich nicht zu widersprechen und trage sie zu ihm. Er sitzt in seinem Fernsehsessel, hat die Füße hochgelegt und schaut mir zu.

»Wo soll ich das hinstellen?«, frage ich und tu so, als müsse ich mich anstrengen, um nichts zu verschütten. Das ist ein guter Trick, weil ich so einen Grund habe, nicht zurückzugucken!

Er räumt eine Zeitschrift beiseite, sagt: »Da.«

Ich stelle die Kanne ab, gehe wieder raus und er ruft hinterher: »Danke, mein Sohn.«

Wenn ich geblieben wäre, hätte er vielleicht noch etwas gesagt. Bestimmt hätte er was gefragt.

»Wie war's in der Schule?«, und ich: »Wie immer!«

»Nichts Besonderes?«

»Nein!«

»Hast du aufgepasst?«

»Ja, klar!«

»Hausaufgaben?«

»Keine.«

Vielleicht sollte ich mich trauen, die Wahrheit zu sagen: »Schule ist gut, weil ich meine Kumpels treffe und mit ihnen Spaß habe.« Er würde bestimmt widersprechen und von Noten, Disziplin und Leistung reden. Ich sollte es ihm erklären: »Schule ist toll, selbst wenn sie nicht toll ist, weil ich sonst zuhause wäre, und zuhause bin ich nicht gerne, weil du da wohnst.«

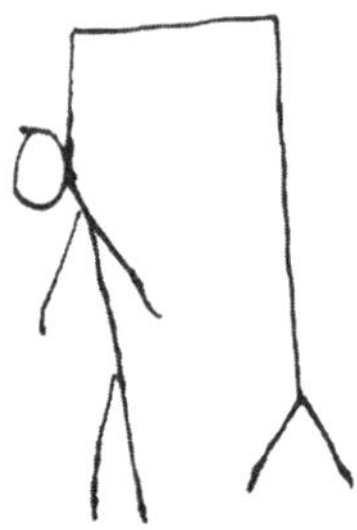

Gut, dass ich nicht stehen geblieben bin.

Ich ziehe aus, wenn ich 18 bin!

Hunderttausendprozentig.

Es bringt nichts, mit ihm zu reden! Man muss 18 werden. Mehr ist nicht zu sagen.

Hoffentlich werde ich 18.

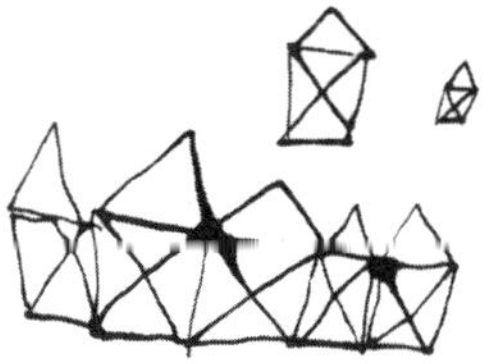

28

Ich sitze, warte. Bis mir etwas einfällt. Das schreibe ich dann auf. Ist schon komisch, also seltsam komisch, nicht witzig komisch. Ich schreibe Gedanken auf, die ich nur habe, weil gerade nichts Aufregendes passiert.

Vielleicht passiert aber nur deswegen nichts Aufregendes, weil ich gerade schreibe?

Ehrlich gesagt, mein Leben ist langweilig! Meine Geschichten sind spannender als das, was in Wirklichkeit passiert. Mein Leben ist langweilig, aber es klingt nach mehr, wenn ich es niederschreibe.

Da!

Genau so passiert das: *Niederschreiben*, schon denke ich über dieses Wort nach. Ich hätte ja auch »festhalten« schreiben können oder »notieren«. Ich benutze Worte, ohne sie ausgesucht zu haben. Später lese ich »niederschreiben« und habe das Gefühl, die Worte kennen mich. Sie haben mich gesucht. Denn logisch: Ich muss »niederschreiben« schreiben.

Mein Leben ist langweilig, dazu müssen die Worte passen. Ein langweiliges Leben kann man nicht festhalten, man muss es niederschreiben …

Ich spiele mit Worten oder die Worte mit mir, bis mein Leben einen Sinn macht.

»Sinn machen«, das ist jetzt wirklich Scheiß!

Ich sollte schreiben, bis die Worte *keinen Sinn* mehr machen!

Worin liegt der Sinn, verprügelt zu werden?

Immerzu Angst zu haben?

Vor meinem Vater,
dem Arsch,
Angst zu haben?

Mein Leben macht gar keinen Sinn, dann sollten meine Worte auch sinnlos sein. Dann wären meine Worte und mein Leben eins. Und die Voll würde voll durchdrehen.

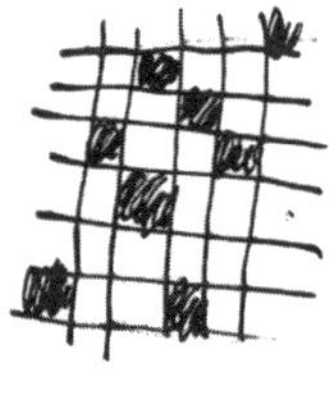

29

Martha setzt sich neben mich und fragt, was ich gerade tue. Ich nehme allen Mut zusammen und gestehe: »Ich schreibe gerade auf, was du sagst und tust!« Sie lehnt sich nach vorne und liest, dass sie sich gerade nach vorne lehnt und liest, dass sie sich nach vorne lehnt und liest.

Wir lachen.

Martha lacht nicht mehr, weil ich geschrieben habe, dass wir gelacht haben.

Sie lacht wieder, weil ich geschrieben habe, dass sie nicht mehr gelacht hat, nachdem ich aufgeschrieben hatte, dass wir gemeinsam lachten, als sie erfahren hatte, dass ich aufschreibe, was sie tut und sagt, und sie nachschaute und tatsächlich las, dass ich schreibe, was ich gesagt habe.

Haha.

Ich habe Martha noch nie so laut lachen gehört.

Hehe.

Jetzt kreischt sie.

Quiiietsch!

Achtung: Sie sinkt beiseite.

Evelyn kommt und fragt: »Was ist los?«

Das hätte sie besser nicht gefragt, weil Martha jetzt klingt wie ein Lastwagen bei einer Vollbremsung. Sie hört, was Evelyn sagt, sieht mich schreiben und kann nicht aufhören zu lachen.

Evelyn findet das aber gar nicht komisch.

Jetzt muss auch ich lachen, weil ich Evelyns Gesicht sehe und nicht weiß, wie ich das beschreiben soll.

Martha hat sich beruhigt und liest meine letzten Zeilen.

Plumps.

Sie liegt und strampelt.

Schmitti, der Arschlehrer, der meine Schwester zum Weinen gebracht hat, hat Pausenaufsicht. Er ist neugierig und kommt auf uns zu.

Martha und Evelyn lesen und lachen über den Arschlehrer Schmitti.

Arschlehrer Schmitti sagt: »Was gibt es denn da zu lachen?«

Evelyn sagt: »Das wollen Sie lieber nicht wissen!«

O weia.

»Doch!«, sagt Schmitti, der Riesenarschlehrer, und beugt sich über –

Martha hat mich gerettet! Sie hat das Heft an sich genommen und Schmitti angeschnauzt: »Jetzt ist Pause und das ist mein Tagebuch. Das ist privat und geht Sie nichts an!« Dabei hat sie aber immer noch lachen müssen, was Schmitti ziemlich verwirrt hat. Er ist abgezogen und Martha hat mir mein Heft zurückgegeben.

»Du bist so lustig«, hat sie noch gesagt und ist mit Evelyn in die Mädchentoilette.

Ich weiß das, weil ich ihr hinterhergesehen habe.

Martha ist neugierig! Sie sitzt schon wieder neben mir, schon wieder lachend, schon wieder kreischend, schon wieder …

»Schreib nicht immer wieder *schon wieder*«, sagt sie und kriegt kaum die letzten Worte raus, weil Haha und Huhu und Quiiietsch.

»Quiiietsch« findet sie nicht so lustig! Doch.

Sie fragt mich, ob ich immer alles mitschreibe. Das heißt, sie fragt mich, während Evelyn, Sylvia, Carolin und Thilo zuhören.

Bevor ich ihr antworten kann, fragt Thilo: »Schreibst du einen Krimi?«, und bevor ich ihm antworten kann, sagt Martha: »Habe ich doch schon erklärt. Er schreibt auf, was gerade passiert. Komm, zeig's!«

»Nein«, sag ich.

»Ich dachte immer, du schreibst deine Hausis.«

»Mach ich auch meistens.«

»Spionierst du uns aus?«, will Carolin wissen.

»Quatsch. Was soll ich denn ausspionieren. Dass du in Bio immer als Erste einschläfst?«

Martha ist sauer: »Ich hab das doch alles längst erklärt. Er schreibt, was gerade passiert. Einfach so und das ist lustig.«

»Warum schreibst du jetzt nicht?« Typisch Sylvia …

»Vielleicht schreibe ich das später auf.«

»Das ist aber dann bestimmt nicht so witzig, wie wenn du es gleich aufschreibst!« Martha macht auf Fachmann …

Ich erkläre ihr, dass ich das meiste erst später aufschreibe, aber so tue, als würde es gerade passieren.

»Stimmt«, sagt Martha, »das ist sehr komisch!«

Das finde ich nicht, aber behalte es lieber für mich.

Rainer kommt dazu und will wissen, was los ist. Sylvia erklärt es ihm und er findet's sofort langweilig und zieht gleich wieder ab.

»Und erfindest du Sachen dazu?«

»Hä?«

»Schreibst du nur, was wirklich passiert ist, oder erfindest du Sachen dazu?«

»Nein. Ich glaube nicht. Aber ich lasse Sachen weg.«

Sie gucken mich an, als redete ich Chinesisch.

»Man kann ja nicht alles, was man sieht, aufschreiben, und manches vergisst man oder weiß nicht, wie man das schreiben soll. Aber das verändert die Geschichte, wie wenn man etwas dazuerfindet.«

»Langweilig«, sagt Sylvia, »lies uns was vor!«

»Sag ich doch! Lies uns was vor! Die Stelle mit mir! Die ist so komisch!«, meint Martha ganz im Ernst.

»Nein, ich lese nicht vor.«

»Hab ich mir gedacht!«, schimpft Sylvia.

Martha ist enttäuscht: »Fragt Evelyn! Sie hat auch gelacht!«

»Aber nur, weil er Schmitti einen Arschlehrer genannt hat!«

Carolin und Sylvia verdrehen die Augen und hauen ab. Evelyn latscht ihnen hinterher. Sogar Thilo hat die Lust verloren und bleibt nur bei mir stehen, weil er nie weiß, wohin er gehen soll, und ganz froh ist, wenn er nicht alleine rumstehen muss.

Martha schmollt, sagt: »Schade. Ich fand das echt komisch«, und folgt den anderen. Sie hat heute ein Kleid an und trägt dazu Turnschuhe. Martha hat kurze Haare. Ist trotzdem o.k., oder?

Thilo fragt, ob wir zum Fußballplatz wollen. Zu meiner eigenen Überraschung sage ich: »Ja.« Wollte eigentlich lieber sitzen und warten, bis Martha wiederkommt.

Die Mädchen sehen mich jetzt an, als hätte ich mich riesig blamiert. Mir kann's egal sein, ich fand die schon vorher doof.

Aber Martha ist nett. Ich weiß zwar nicht, was ich mit ihr reden soll, aber ich mag es, wenn wir uns ansehen oder so. Leider kriegt das Evelyn mit, weil sie Marthas beste Freundin ist. Sie wird es bestimmt den anderen weitererzählen. Also muss ich aufpassen und darf nicht zu oft gucken, sonst kriege ich Ärger mit meinen Kumpels. Vor allem mit Hörner, der immer von den »beknackten Hühnern« spricht, wenn er die Mädchen meint. Martha ist ja ein Mädchen.

Den Hühner-Spruch hat er bestimmt von seinem Mercedes-Vater.

30

Es ist Freitag, 18 Uhr! Ich habe gerade mein Saftglas umgeschmissen. Meine Geschwister sehen mich böse an. Mama ist sofort aufgesprungen und wischt. Vater isst einfach weiter und sagt nichts. Alle starren zu mir, es riecht nach Orange.

Ich habe den Saft umgeschmissen. Ich wollte eigentlich nur die Mettwurst nehmen und habe das Glas übersehen. Vater hat nicht mal gezuckt, als das Glas kippte. Er beschwert sich auch jetzt nicht, da alles andere nass geworden ist, wirklich alles: die Gläser am Tisch, die Teller und das Schneidebrett mit dem Käse drauf. Er hat mich nicht mal beschimpft, als er die Weinflasche anhob und Orangensaft vom Flaschenboden in seinen Teller tropfte. Vater schweigt!

Meine Geschwister sehen mich vorwurfsvoll an. Ich bin schuld, ich weiß.

Sam stöhnt.

Jeden Freitag, 18 Uhr 30, kommen Stan und Ollie im

ZDF, und jeden Freitag hoffe ich, dass wir das sehen dürfen, und dann stoße ich das Saftglas um!

»Dürfen wir *Dick und Doof* gucken? Bitte, Papa!«

Das hat Sam gesagt. Sam ist der Einzige, der »Papa« sagt, er ist auch der Einzige, der noch bettelt. Er sagt auch »Dick und Doof«, obwohl ich es ihm erklärt hab. Aber Sam ist noch zu klein und kann auch noch nicht selber denken.

Sam guckt, wie nur er gucken kann, und Vater nickt. Sam ist schon klasse! Wir springen auf.

»Aber es wird vorher aufgegessen!«

Das war Mama, sie wollte auch mal streng sein dürfen.

Wir schlingen die Brotscheiben runter. Stan und Ollie sind besser als *Bonanza* oder *Daktari** oder beide zusammen!

Jeden Freitag hoffe ich, dass der Fernseher nicht kaputtgeht! (Obwohl unser Gerät immer funktioniert hat und ich nur von Freunden gehört habe, dass es ganz schrecklich ist, wenn der Fernseher mitten im Film kaputtgeht.) Trotzdem bin ich immer richtig nervös, bevor der Apparat das erste Bild zeigt. Wenn ich nicht Angst habe, dass er kaputt ist oder dass es von den Eltern verboten wird, zu gucken, dann fürchte ich mich davor, dass gleich der letzte Film von Stan und Ollie gezeigt wird. Die beiden sind nämlich schon lange tot, irgendwann sind alle Filme gezeigt und dann war's das!

Es ist schrecklich, zu wissen, dass ich irgendwann

ihre Filme nicht mehr sehen werde. Vielleicht passe ich auch deswegen beim Zugucken so auf? Ich kann den Krawattentrick, das Näschen-Öhrchen-Spiel, hab versucht, mit meinem Daumen Feuer zu machen (hat nicht geklappt), kann die Geschichte mit dem Weihnachtsbaum auswendig (obwohl ich die nur zwei Mal gesehen habe und der Film beim zweiten Mal anders war!), aber auch die mit dem Klaviertransport oder die, wo sie ein Haus gleich neben einer Nervenklinik reparieren sollen und so viel Lärm und Blödsinn machen, dass sie von einer Krankenschwester verhauen werden.

Ich kenne noch hundert weitere Geschichten, mindestens! Ich weiß aber auch, was jetzt gleich passieren wird, wo Stan in den Kieslaster steigt, während Ollie im Auto dahinter wartet, obwohl ich den Film noch nicht kenne! Ich lache oft schon, bevor irgendwas passiert, weil ich weiß, dass gleich was Verrücktes passieren wird! Und ich lache doppelt so laut wie alle anderen, wahrscheinlich weil ich die ganze Woche schon auf diesen Spaß gewartet habe. Ich kann aber auch einfach so lachen, genauso wie Stan und Ollie das manchmal machen, einfach nur weil sie sich angeguckt haben. Bei mir ist das genauso. Ich muss sie nur ansehen.

Ich höre meine Geschwister sagen: »Hör auf, so laut zu lachen!« Ich merke, dass Mama sich schämt, weil ich mich so dumm benehme.

Ich wäre so gerne mit den beiden befreundet gewesen. Ich hätte sie so gerne mal getroffen und wäre bestimmt für immer bei ihnen geblieben. Aber Mama hat mir gesagt, dass das nicht mehr geht, weil sie tot sind. Ich bin sofort aus der Küche gerannt. (Ist schon komisch, dass ich da weinen musste.)

Jetzt kann ich nur noch Mohammed Ali treffen. Leider dürfen Kinder nicht allein nach Amerika reisen. Wenn ich aber erwachsen bin, brauche ich Ali nicht mehr zu treffen, weil ich dann selbst groß bin und mich wehren kann. Typisch mein Leben.

Stan und Ollie hätte ich bestimmt noch treffen wollen, wenn ich ein Opa bin. (Und die beiden natürlich am Leben wären, das war jetzt also nur theoretisch gemeint.) (*Theoretisch gemeint* ist witzig, muss ich mal im Aufsatz ausprobieren. Das kapiert die Voll niemals!!)

Ollie kriegt gerade Prügel von seiner Frau, Tassen fliegen an seinen Kopf und zerscheppern, sogar eine Pfanne knallt an seine Rübe. Die Pfanne bleibt aber ganz. Ollie sitzt am Boden, um ihn liegen Scherben und Trümmer und er hat ein blaues Auge. Er sitzt einfach da und bestimmt kommt gleich noch ein Nachschlag.

Was hab ich gesagt?

Traurig schaut Oliver Hardy aus unserem Fernseher. Alle lachen.

»Jetzt sieht er aus wie du!«, sagt Sam und alle sind still.

Das war jetzt richtig peinlich von Sam. Ich wäre nämlich lieber wie Stan, aber auch das kann er noch nicht wissen.

31

Vater blättert in diesem Heft.

Er schaut nicht richtig rein, sondern fliegt so drüber weg und meint: »Was für eine Klaue. Man kann das kaum lesen.«

Mein Herz rast.

Er sieht sich eine Stelle genauer an, schüttelt den Kopf, sagt: »Unglaublich. Ein Wunder, dass du es bis in die 7. Klasse geschafft hast!«

Ich spüre meinen Herzschlag im Hals pochen.

»Was soll das sein?«

Ich habe keine Idee.

Joe sieht mich und sagt rasch: »Das sind Schreibübungen. Die werden nicht benotet.«

Vater blafft zurück: »Wer hat dich gefragt?«

Joe zieht die Schultern hoch und schweigt mit rotem Kopf.

»Dann halt deinen Mund!«

Meine Schwester springt auf.

Sie sieht Vater an, nein, sie starrt ihn an, und dann sagt sie: »Er hat nichts Schlimmes gesagt!«

Vater starrt jetzt auch.

»Er hat dir nur etwas erklärt! Du hast doch gefragt! Er hat dir nur erklärt, was du wissen wolltest! Warum bist du immer so gemein zu ihm?«

Vater will nicht antworten.

»Du weißt es nicht, was? Du weißt gar nicht mehr, warum du so gemein bist. Du hast dir das auch noch nie überlegt, stimmt's? Es ist dir egal, weil *wir* dir egal sind. Wir stören dich nur. Aber warum sind wir dann da? Dafür muss es doch einen Grund geben! Du kannst doch nicht einfach Kinder machen und die dann nicht mögen?«

Vater zittert.

Mama zittert auch.

Meine Schwester ist ganz still geworden und wartet, aber es kommt keine Antwort.

Plötzlich sagt sie: »Ich hasse dich! Jeder hasst dich.«

Sie sagt das, wie »Hallo, geht's gut?«.

Einfach so.

Mama zieht an ihrem Arm und flüstert: »Hör um Himmels willen auf. Bitte, sei still!«

»Dich hasse ich auch!«, sagt sie zu Mama, die sofort ihren Arm loslässt, als wäre der unter Strom gestanden.

Vater springt auf.

Er wird uns jetzt töten.

Er geht auf mich zu.

Wenn wir alle zusammenhalten, könnten wir ihn vielleicht besiegen. Am Tisch liegt der schwere Aschenbecher, wenn ich den zu fassen kriege, dann kann ich ihn damit erschlagen.

Vater gibt mir mein Heft zurück und geht aus dem Zimmer. Er zieht in der Diele Schuhe und Jacke an und verlässt die Wohnung.

Er schließt die Tür.

Ich hatte einen Knall erwartet.

»Himmelherrgott!«, schreit Mama. »Was erlaubst du dir? Wie kannst du nur so mit ihm reden? Er ist dein Vater! Was fällt dir ein? Was fällt euch allen denn nur ein? Habt ihr denn gar keinen Respekt vor euren Eltern!«

Ich habe sie noch nie so schreien hören! Meine Schwester schaut sie ganz ernst an, sagt aber nichts mehr.

»Und du!« Sie meint mich. »Warum musst du denn alles aufschreiben, was bei uns passiert und gesagt wird? Was soll das? Die Hälfte von dem Zeug hast du doch überhaupt nicht verstanden! Jetzt gib Antwort und guck nicht so! Hast du denn geglaubt, ich weiß nicht, was du da treibst?«

Sie hat die ganze Zeit gewusst, was ich in mein Heft schreibe, und hat mich trotzdem danach gefragt! »Was schreibst du denn da?«, hat sie immer und immer wieder gefragt und längst die Antwort gewusst!

Joe heult.

Joe heult nie und jetzt heult er doch.

»Warum weinst du?«, blafft Mama.

Er sieht sie nicht an, heult weiter.

»Was gibt es da zu flennen?«, fragt sie böse.

»Du Verräter«, sagt Joe leise. »Du hundsgemeine Verräterin.«

Mama tut so, als würde sie das nicht hören, und verschwindet in die Küche.

Sam wackelt hinterher und schließt die Tür.

Der Rest bleibt, wo er ist.

32. Bericht

Meine Schwester ist der Meinung, dass ich weiterschreiben soll, aber ich weiß nicht, ob das richtig ist.

Seit ich weiß, dass alle anderen wissen, worüber ich schreibe, fühlt sich das komisch an, wenn ich schreibe. Ich weiß dann einfach nicht mehr, was ich schreiben soll. Bestimmt denkt jeder, dass ich gerade über ihn schreibe. Schon will ich nicht mehr weiterschreiben, obwohl ich vielleicht gar nicht vorgehabt hatte, über wen auch immer zu schreiben. Ist halt kompliziert geworden. Ich will aber nicht über das Schreiben nachdenken, wenn ich schreibe. Gruß an Frau Voll!

Der Einzige, der nicht weiß, was ich da treibe, ist Vater. Über ihn zu schreiben, macht aber überhaupt keinen Sinn.

Er ist, der er ist.

Das ist schnell gesagt und niemand wird das jemals ändern.

Wenn ich mir das recht überlege, gilt das für alle anderen auch. Ich habe das Gefühl, alles gesagt, alles geschrieben zu haben. Eigentlich habe ich das Gefühl, alles schon mindestens zwei Mal gesagt zu haben …

Ich bin mir ziemlich sicher, dass nichts Aufregendes mehr passieren wird. Und, ehrlich gesagt, ist in der ganzen Zeit, in der ich geschrieben habe, auch nie etwas Besonderes passiert.

Das war alle Tage nur Alltag. Er wird nur durch das Aufschreiben irgendwie wichtig.

»Alle Tage Alltag« klingt besser, als es ist. Ich komme mir selbst irgendwie wichtigtuerisch vor, wenn ich meine Zeilen lese! Das ist nicht mein Leben, sondern nur die Beschreibung meines Lebens. Das ist zwar alles so passiert, aber es fühlt sich in Wirklichkeit anders an.

Auch diesen Gedanken habe ich schon mal aufgeschrieben. Nicht nur meine Tage, auch meine Gedanken wiederholen sich. Hiermit ist das bewiesen.

Außerdem wollte ich nicht einfach nur so schreiben. Ich habe keinem Sklaven in die Freiheit geholfen. Ist so. Das hat Spaß gemacht, aber lieber hätte ich etwas Richtiges geschrieben, einen Krimi zum Beispiel. Aber dann müsste jemand tot sein.

Ich trau mich aber nicht, jemanden tot zu schreiben!

Vampirgeschichten sind auch super, jedoch kenne ich mich da nicht so aus, weil wir nicht so viel fernsehen dürfen. Man kann Vampirgeschichten aber nur schreiben, wenn man viel fernsieht!

33

Joe hat meine Berichte gelesen und nichts gesagt. Er hat sie mir wiedergegeben und mir auf die Schulter geklopft und dann hat er geschwiegen. Er hat mich angesehen, als würde er nicht sagen können, was er denkt!

Vielleicht habe ich ihn mit etwas beleidigt. Das täte mir dann leid. Ich wollte das nicht. Aber ich traue mich nicht, ihn zu fragen, weil wir über solche Sachen nicht reden, nie. Wir würden über nichts anderes mehr quatschen, wenn wir damit anfangen würden. Darum lassen wir so was.

Wahrscheinlich habe ich etwas Wichtiges weggelassen oder vergessen. Aber es ist wirklich unmöglich, alles zu erzählen! Wenn man alles erzählen wollte, müssten alle immer alles aufschreiben, damit nichts verloren geht. Wenn alle alles aufschreiben, passiert aber nichts mehr außer Schreiben. Dann wäre es vielleicht auch möglich, alles aufzuschreiben, weil eben nichts mehr passiert.

Aber wehe, einer hätte keine Lust mehr und stünde auf und sagte: »Ich scheiß aufs Schreiben!«

Dann würde Chaos ausbrechen, weil endlich etwas passierte. Jeder würde nachdenken. Schon das kann man aber nicht mehr alles aufschreiben, weil es so viele Gedanken sind und auch weil man sich entscheiden muss:

Schreiben oder denken.

Ich sollte jetzt aufhören.

34

Ali ist wirklich der Größte! Ich hab gerade den Boxkampf gesehen, den wir nicht sehen durften, weil Vater das verboten hatte. Der Fernseher hat eine Zusammenfassung gezeigt und dabei ist mir etwas aufgefallen. Ganz am Schluss, Alis Gegner ist ziemlich durcheinander, weil er schon ein paar auf den Kopf gekriegt hat, also ganz am Schluss kassiert er noch einen Volltreffer, stolpert – und da passiert's! Ali haut nicht mehr! Der andere knallt hin, und Ali, das sieht man ganz deutlich, weil sie es ein paar Mal wiederholt haben, ein Mal sogar in Zeitlupe, Ali will ihn gar nicht mehr hauen. Der Gegner geht zu Boden und Ali hat nicht noch schnell zugeschlagen, hat ihn nicht im Stolpern geschubst oder eine fiese Kopfnuss mitgegeben. Er hat sich in eine Ecke gestellt und gewartet, ob der Gegner wieder aufsteht und überhaupt weiterkämpfen will. Wollte der aber nicht. Und Ali wollte niemanden verletzen, keine Rache, er wollte nur den Kampf gewinnen! Er ist der Größte.

35

Meine Schwester hat auch alles gelesen und sie findet's toll. Sie behauptet auch, dass Joe meine Berichte gut findet. (Sie hat ein anderes Wort gesagt, aber das will ich für mich behalten.)

Aber sie ist meine Schwester! Das gilt dann nicht. Vielleicht will sie mich ja nur aufmuntern? Ich traue mich jedenfalls nicht, ihr zu vertrauen.

Frau Voll, zum Beispiel, würde mir das Heft rot ausmalen, ich schwör's, auch den letzten Satz mit dem »trauen/vertrauen«.

Dann hat sie noch was Verrücktes gesagt …

Du schreibst nie meinen Namen, immer nur meine Schwester!

Das stimmt nicht!

Das ist bestimmt Quatsch.

Ich freu mich, dass Yasmina mich so gelobt hat.
Ich werde ihr dieses Heft schenken.
Und das, finde ich, ist wenigstens ein gutes Ende.
Das und dass Martha gleich mit mir bummeln geht.
Bummeln klingt langweilig, ich weiß.

Glossar

Glossar ist eine Liste mit Erklärungen. Da man nicht alle Wörter und jeden Begriff oder Namen kennen kann, hatte jemand die Idee gehabt, die weniger bekannten Begriffe aufzulisten und zu erklären. Damit man aber die Geschichte nicht ständig für die Erklärungen unterbrechen muss, hat man diese Wortliste an den Schluss der Bücher gestellt und Glossar genannt.

Mohammed Ali hieß zuerst Cassius Clay. Er war der Enkel von Sklaven (ehrlich!), und da der Sklavenhalter die Namen seiner Sklaven aussuchte und weil Mohammed Ali den Islam als seine Religion ausgewählt hatte, legte er den alten Namen ab und nahm sich den neuen. Er ist DER Boxer, er wird es immer bleiben.

Bonanza Der Name einer Cowboy-Fernsehserie. In den USA auf einer Farm namens »Ponderosa« lebte die Familie Cartwright. Die Cartwrights, das waren drei Söhne, ihr Vater und Hop Sing, ein chinesischer Koch und Karatekämpfer! Heute weiß ich allerdings, dass das Schauspieler waren. Damals hatte ich aber geglaubt, dass es diese Familie wirklich gibt.

Atombusen Früher sahen Atomkraftwerke wie riesige Busen aus. Und in Comicfilmen hat man Frauen mit zwei Atomraketen statt einem Busen gezeichnet, wenn man sagen wollte: Die ist scharf!!

The Beatles Wer die nicht kennt, hat nicht gelebt. Wer aber glaubt, er sei einfach zu jung, um die Beatles zu kennen, der hat natürlich irgendwie Recht. Auch wenn es wie eine schlechte Ausrede klingt …

Slade Wer die nicht kennt, verpasst was.

The Sweet Wer die nicht kennt, verpasst nichts.

Stan Laurel Siehe Stan und Ollie

Krebs Die Krankheit hat nichts mit dem Tier zu tun. Vor der Krankheit Krebs haben alle Angst. Das war schon immer so, obwohl man mittlerweile mehr Menschen heilen kann als früher. Früher sind sehr viel mehr Kranke an Krebs gestorben als heute. Wenn ihr später mal auf eure Kindheit zurückblickt, werdet ihr das auch genauso sagen: »Früher (also heute) sind mehr an Krebs gestorben!« Der Satz gilt dann bis in alle Ewigkeit oder bis niemand mehr an Krebs stirbt.

Willy Brandt hieß früher *Herbert Frahm*. Er war Sozialdemokrat und wurde von den Nazis verfolgt. Deswegen musste er nach Norwegen fliehen, wo er den Namen Willy Brandt annahm und auch später nicht mehr ablegte. Er wurde Bundeskanzler und war ein sehr wichtiger und beeindruckender Politiker. Leider haben alle immer nur über seine Frauengeschichten geredet. Willy Brandt ist wegen eines Spions (Petze) zurückgetreten! Wie in einem Krimi. Echt!

Gerd Müller Fußballer aus *Nördlingen*. Nördlingen liegt in einem riesigen Krater! In Nördlingen hat vor Millionen von Jahren ein Meteor eingeschlagen, weswegen es um Nördlingen aussieht wie auf dem Mond. 1950 wurde dort Gerd Müller geboren. Er galt lange Zeit als der beste Mittelstürmer der Welt. Man nannte ihn »Bomber der Nation«, weil er so einen harten Schuss hatte und so viele Tore geschossen hat. Es kann also kein Zufall sein, dass er in Nördlingen geboren wurde!

Franz Beckenbauer heißt wirklich so, weswegen ihn einige lieber »Der Kaiser« nennen. Er war ein sehr guter und eleganter Fußballer, auch wenn man ihm das heute nicht mehr ansieht. Und wenn ihr euch heute ein Spiel von damals ansehen solltet, dann werdet ihr feststellen, dass Fußball viel schneller geworden ist. Was wir damals für elegant gehalten haben, ist heute nur langsam.

Josef Maier ist berühmt geworden als *Sepp Maier*. Er war Torwart, der Arme …

Hucklebery Finn und Tom Sawyer Das sind die beiden berühmtesten Figuren aus den Büchern des großartigen Schriftstellers Mark Twain. Oje, du kennst Mark Twain nicht? Was ist diesmal deine Ausrede? Zu jung?

Krabat ist ein großartiges Buch von Otfried Preußler.

40 Pfennige sind ungefähr 20 Cent. Für 1 Pfennig gab es 1970 einen Brausetaler, für 2 eine Brausestange. Ein Brötchen kostete 5, eine Brezel 7 und eine Kugel Eis 10 Pfennige. 1975 war das alles schon etwas teurer, aber ich erinnere mich nicht mehr, um wie viel.

Fuck ist englisch für ficken, heute sagt man auch »bumsen« oder »poppen«. Gemeint ist Sex. Sex ist, wenn Menschen aneinander rumspielen, um sich Gutes zu tun. *Fuck* heißt aber auch *Scheiße*. *Fuck the police*, heißt *Scheiß auf die Bullen*. Hab lange gebraucht, bis ich das kapiert habe. Hatte mich schon gewundert …

Warschauer Pakt Militärbündnis im Osten … Also, das ist jetzt kompliziert zu erklären: Man hat die Welt früher mal in Ost und West aufgeteilt. Im Westen oder im Osten waren die Feinde, je nachdem ob man selbst aus dem Westen oder Osten war. Die Länder drüben und hüben haben Waffen gebaut und aufeinandergerichtet. Nie hatten wir damals gedacht, dass diese Ost-West-Feindschaft irgendwann nicht mehr existieren könnte. Und heute muss ich sie erklären. Falls ihr das aber noch immer nicht kapiert habt, dann müsst ihr unbedingt *Asterix bei den Goten* lesen. Da wird es besser erklärt, auch wenn Obelix es danach immer noch nicht kapiert.

John F. Kennedy Amerikanischer Präsident, hat mal gesagt: »Ich bin ein Berliner!«, und wurde kurz darauf erschossen. Ich habe keine Ahnung, ob das der Grund war.

Joe Frazier war ein Boxer, der einfach nicht k.o. ging, selbst wenn er ganz viele Schläge einstecken musste! Sogar Mohammed Ali hat einmal gegen Frazier verloren! Später kam ein anderer Boxer, George Foreman, der hat dann tatsächlich Joe Frazier k.o. geboxt. Mohammed Ali hat dann George Foreman k.o. geboxt und alles war wieder in Ordnung.

Der Wurstsalat war eine Solonummer des damals beliebten Unterhalters und Humoristen Herbert Hisel. Hisel hatte unglaublich viele Singles von seinen Programmen verkauft. Doch kennt ihn oder die Wurstsalat-Nummer oder auch Singles heute niemand mehr.

Black & Decker Bohrmaschinenhersteller. Black & Decker hatten einen berühmten Werbespot, worin eine Stimme ohne Pause »BlackundDeckerBlackundDeckerBlackundDeckerBlackundDeckerBlackundDeckerBlackundDeckerBlackundDeckerBlackundDeckerBlackundDecker ...« sagt.

Jailhouse Rock Berühmtes Lied von Elvis.

Elvis Presley Siehe *The Beatles*

k. o. heißt so viel wie kampfunfähig. Man verliert einen Kampf entweder nach Punkten oder durch Abbruch. Dann hat man zu viele Schläge abgekriegt und ist k. o. Man muss nicht ohnmächtig sein!!

Krambambuli Eine Erzählung von Marie von Ebner-Eschenbach über einen Hund, der für ein paar Gläser Holunderschnaps der Marke *Krambambuli* verkauft und deshalb auch »Krambambuli« genannt wird. Er stirbt am Ende des Buchs. Den Schnaps kann man aber immer noch kaufen.

Lamentieren heißt so viel wie klagen oder wehklagen. Auf jeden Fall muss man dabei auch den richtigen Ton treffen, sonst ist es nicht lamentieren, sondern nur jammern oder so.

Gregor Mendel war ein Mönch. Er hat Experimente mit Erbsen gemacht und dabei untersucht, wie sich Merkmale von einer Generation auf die nächste übertragen. Was er dabei rausgekriegt hat, gilt auch für andere Lebewesen, wie Gurken oder Menschen.

Stan und Ollie. Dick und Doof wurden sie in Deutschland genannt, was total doof ist, denn sie heißen Stan Laurel und Oliver Hardy und gehören zu den großartigsten Komikern der Welt. Stan war Engländer, Ollie Amerikaner. Sie trafen sich in Hollywood und machten Filme. Es gab und gibt wenige Menschen, die so geliebt werden wie die beiden! (Es gibt sicher Menschen, die mehr bewundert oder verehrt werden. Stan und Ollie muss man aber lieb haben.) Diese Filme der beiden müsst ihr euch unbedingt ansehen: *Big Business, Tit for tat, Blockheads.*

Daktari war eine berühmte Fernsehserie über Afrika mit *Judy*, einer Schimpansen-Dame, und *Clarence*, einem schielenden Löwen. An die Menschen in Daktari erinnere ich mich nicht mehr. Niemand tut das, glaube ich.

Christian Duda heißt auch nicht so. Wie Mohammed Ali, die Cartwrights, Willy Brand, der Kaiser, Krambambuli oder Dick und Doof hat er noch einen anderen Namen. Er lebt mit seinen Kindern in Berlin. Er war als Kind Katholik und Mohammedaner und ist, seit er selber denken kann, Atheist.* Wenn er nicht Bücher schreibt, inszeniert er am Theater. Aber egal, was er gerade tut, er denkt dabei ans Snowboarden.

Atheist ist ein Mensch, der nicht an Gott, Götter oder andere Superwesen glaubt. Atheisten sind überzeugt, dass die Welt nicht erschaffen wurde, sondern passiert ist. Peng! Sie hat sich von jetzt auf gleich gezeigt, einfach so. Seither verändert sich alles und immerzu, und das nach Regeln, die wir nicht alle kennen, doch immer besser verstehen lernen. Aber auf keinen Fall passiert dies alles nach den Launen eines übernatürlichen Wesens – da ist sich ein Atheist ganz sicher.